崖っぷち長屋の守り神

田中啓文

角川文庫
23115

目次

一番勝負「料理こまち登場」

まだ暑さの残る文政十二年七月三十日、浪花の町に一陣の風が吹いた。その涼風は、江戸からもたらされたのだ。天満の八軒屋に着いた昼船の三十石から降り立ったのは新任の西町奉行新見伊賀守正路である。当年三十八歳の働き盛り。心身ともに充実した状態で大坂町奉行を拝命した。誠実そうな横顔と涼し気な眼差しの人物だ。

「お頭、こちらの駕籠にお乗りくだされ」

「迎え方」として大津まで出迎えに行き、そこから同行している古参与力の色瓦三平が言った。親代々の与力で、定町廻り、川役、物書役、寺社役などを経て、今は与力仲間惣代を務めている。温厚で、悪く言えばことなかれ主義である。従来の習わしを変えることを好まぬ性質である。

「うむ……駕籠はいらねえ」

「えっ……？」

「町奉行所に入るまえに大坂の町をこの目で見てえのさ」

伝法な口調の町奉行の言葉に色瓦は当惑して、

「なれど、町奉行が江戸から着任するときは、駕籠で奉行所に入るのがこれまでの通例でございますが……」

「いいのさ。俺ぁ通例を壊すために江戸から来たんだからな。——それとも、どうしても駕籠に乗らねばならねえか」

「い、いえ、お言いつけどおりにいたします」

「なら、行こうぜ。——これぐらいのことで驚いてちゃあダメだ。今後、もっともっと驚くことになるぜ」

そう言って新見伊賀守は歩き出した。色瓦とその配下のふたりの同心はあわてて新奉行のあとを追った。新見が向かおうとしているのは、西町奉行所とはまるで逆さまの、天満の方角だったからだ。

「お頭、そちらではございませぬ」

「ああ、そうか。あっははは……」

新見伊賀守はほがらかに笑った。

「なるほど、聞いてはいたが、たしかに江戸にも勝る繁盛ぶりだな」

新見は上機嫌で通りを歩いていく。商人（あきんど）らしい男たち、丁稚（でっち）や手代、担ぎの八百屋、魚屋、飴（あめ）売り……などが忙しそうに往来している。なかには、なんの商いかわからぬ連中や明らかに破落戸（ごろつき）、ヤクザの類（たぐい）と思われる男たちも交じっていた。

「江戸に比べると、侍が少ねえようだな」

「はい、大坂はやはり商人の町でございます。武家は、われら東西町奉行所の与力、同心、各大名家の蔵屋敷に勤める蔵侍、あとは城勤めのものたちぐらいのものでしたが、近頃は大名家の改易が相次ぎ、食い詰めた不逞（ふてい）の浪人どもが以前より多数入り込んでおりまする」

「大坂の浪人たちはどうやって生計（たつき）を立てているんだ？」

「傘張りなどの内職や、寺子屋の師匠、商家や博徒の用心棒などでございましょうが、強請（ゆすり）たかりや切り取り強盗などの悪事に手を染めるものも多く、取り締まりには難儀しております」

「大名を取り潰（つぶ）すと浪人が増える。当たり前のことだが、公儀はあとのことを考えずに改易を行う。浪人たちの受け皿を作らねばならねえんだが、潰すだけ潰しておいて知らんぷりだ。迷惑をこうむるのは庶民、てえことになる」

色瓦は新任奉行の言葉にいちいちうなずいた。

天満橋から西町奉行所まではさほどの道のりではない。四人は谷町筋を南へと下っていった。谷町筋の東側には、大坂城代をはじめ、城勤めの役人たちの屋敷がずらりと甍を並べている。

「お頭、あれが大坂のお城にございます」

色瓦の言葉に新見は左手に顔を向けたが、そこに天守閣は影も形もなかった。大坂城の天守は六十五年ほどまえの落雷で全焼し、以来、復興されていないのだ。公儀に金がなく、修復できないのだ。新見伊賀守はしばらく大坂城の惨状を見ながら、徳川家の行く末に想いを馳せていたが、行く手に視線を戻したとき、思わず、

「あ……」

と小さく叫んだ。そこに異様な風体の男が立っていたからだ。

相撲取りのような巨漢である。腹が突き出ており、胸板が厚く、肩の肉も盛り上がっている。上背もあり、腕も脚も丸太んぼうのように太い。上半身は裸で、左肩から右腰に向けて太い帯のようなものを斜め掛けしている。刀は差していないので町人だろう。手にも脚にもごわごわした剛毛が生えている。顔も大きく、眉毛は太

く、目玉はぎょろりとしている。戦国武将のような髭面で、髭のなかに目も口も埋まっている。腕組みをして道の真ん中に仁王のように立ち、通りかかるものたちを品定めするような不躾な目で見つめている。

「ほほう……珍しい野郎がいたもんだ」

色瓦は町奉行の袖を引き、

「かかるものには取り合わず、早う町奉行所に参りましょう」

「いや……待て」

新見伊賀守はつかつかとその男に近づくと、

「おい、おめえ、梅王丸じゃあねえのか」

いきなりそう声をかけた。男は野太いガラガラ声で、

「わが名を知ったるそのほうは……？」

「俺だ。新見だよ」

「新見……？　新見正路か。なぜおまえがここにおる」

色瓦が聞きとがめ、

「お頭をおまえ呼ばわりとは無礼なやつ！　口を慎まぬか！」

新見は色瓦を制し、その男に言った。

「はっはっ、知らねえのか。俺ぁ此度、西町奉行を拝命したのさ。だから当分は大坂にいるぜ。俺よりも、おめえこそ、どうして大坂にいる。公家は京にいるもんだろ」

「公家は……辞めたのだ」

「辞めた？」

「いろいろあってな、今はこちらで長屋の家守をしておる」

「そりゃあいい。おめえはたしか次男坊だったな。家を継ぐこたぁできねえんだから、ほかの仕事をはじめるのはいい思案だ」

「いや……兄は亡くなったゆえ、本来はわしが家を継がねばならぬのだが、いろいろあってな。そんなことより、おまえが町奉行になったのなら、頼みたいことがある。聞いてくれぬか」

「そりゃあいいが……俺ぁたった今伏見から船で着いたところだ。これから西町奉行所に入り、着任の儀てえのをやらなきゃならねえ。四、五日したら訪ねてこい」

「うむ、わかった」

男はうなずき、腕組みをしたまま歩み去った。

「なにものでございますか」

色瓦の問いに新見伊賀守は歩きながら、

「あの男、兜小路梅王丸といってな、半家だ」

半家というのは、堂上家のなかでももっとも下位の家柄である。

「堂上家？　まことでございますか？」

色瓦は驚いたように言ったがそれも無理はなかった。よく言って武者修行中の豪傑、悪く言えば山賊の親玉にしか見えない。

「俺が若え時分、江戸城西の丸の小姓組を仰せつけられ、鏑木一之進先生の道場で剣術の修行をしていたころに知り合ったんだ。俺ぁ目録だが、あいつは免許の腕前だった」

「公家がなにゆえ剣術など……」

「次男坊だから、家を継いだ兄者人からは冷や飯を食わされてて、暇を持て余していたんだ。見聞を広めようと江戸に出たのはいいが、やることがねえから剣術を習ったり、治水術や本草学を学んだりしていたな。長崎に遊学したい、とも言ってたが、なかなか面白え男だぜ」

「はあ、そうですか」

色瓦は空返事をしたが、数日後に町奉行所を訪ねてくる、との言葉に、なにごとも起こらねばよいが……と思った。

京橋定番屋敷のあたりで谷町筋を右に折れ、まっすぐに進むと、大きな門と高い白塀に囲まれた建物が見えてきた。

「ようよう着きました。ここが西町奉行所でございます」

門のまえに立っていた迎えの与力、同心数人が頭を下げ、

「お待ちしておりました。駕籠だけ先に戻ってまいりましたので、どうしたことかと思うておりましたがご無事にお着きでなによりです。遠路お疲れのところおそれいりますが、与力、同心一同打ち揃い、前任の内藤隼人正さま、東町奉行高井山城守さまお引き継ぎのためにお待ちかねゆえ、どうぞ役宅のほうにお入りくだされませ」

町奉行の役宅は、奉行所と同じ建物にある。与力、同心は世襲だが、家老、取次、用人など直属の家来は江戸から連れてくる。彼らはすでに数日まえに到着し、新見とその家族が暮らしていけるよう支度を整えていた。

「うむ、ご苦労」

新見はそれだけ言うと、門を見上げた。

「今日からここが俺ん家か……」

感慨深げにそうつぶやいたあと、新見はにやりと笑い、おのれの新天地に颯爽と入っていった。

◇

千夏は路上で途方に暮れていた。柄の悪い酔っ払いにからまれていたのだ。

「あのなあ、おっさん。昼間っから酒飲んで、こどもにからんでる暇あったら仕事したらどや」

千夏は十歳。いわゆる棒手振り、上方では「担ぎ」という。店を構えず、天秤棒(大坂では「朸」という)の前後に売りものを吊るし、町を流して歩く。金魚屋、八百屋、魚屋、豆腐屋、玉子屋、花屋、飴屋、甘酒屋、鋳掛屋、煙管の羅宇の仕替屋、下駄の歯の修繕……などなどおよそあらゆるものを長い朸にぶら下げ、

「たまご、たまご、たまご……」

「金魚えー、金魚」

「花や、花」

などと売り声を上げて町を行き来する。呼び止められると荷をおろしてその場に即席に店を作り、商いする仕事である。屋台のうどん屋、蕎麦屋、煮売り屋なども

担ぎの一種である。千夏は、自分と同じぐらいの高さがある「倹飩箱」という縦長の箱ふたつを朸の前後に吊り下げている。夜鳴きうどん屋が屋台と同じぐらいの「店」を担いで歩いているのと同様で、たいへんな労力である。

「やかましいわい。わてはおまえが背中に差しとる幟の『どんなもんでも百の料理にします』ゆう文句はほんまやないやろ、て言うとんのや」

つんつるてんの浴衣のような着物を着た千夏は胸を張り、

「ほんまに決まってる。うちは商売でやっとんねん。豆腐でもこんにゃくでも大根でも、百の料理ができなんだら金は返す。それが『百珍屋』や。豆腐一丁あったら三つか四つの料理にしてみせるわい」

「一流の板前でもむずかしいこと、おまえみたいなガキにできるわけない。ほな、豆腐で百の料理、今すぐここで作ってみい。でけへんやろ」

「しつこいなあ、おっさん。百の豆腐料理作って欲しかったら、それだけの豆腐買う金を用意せんかいな」

「百の豆腐料理ができあがったら金払うたる」

「うちとこは先払いや」

「わてを信用せえ」

「おっさんみたいな手合いの腹は読めたあんねん。うちに作らすだけ作らせといて、こんなにぎょうさんの豆腐ひとりで食えるはずないやろ、冗談言うただけや、そんなこともわからんのか、言うて逃げるつもりやろ」

千夏は鋭い声で言った。男はぎくりとした顔で、

「わ、わてがそんなことするはずないがな！　ガキのくせにおとななぶりしやがって」

「おっさんが、おとなのくせにこどもなぶりしとるんやろ。商売するのにおとなもこどももない。うちはひとりで生きてるんや。さあ、邪魔やさかい、そこどいて」

千夏が朸を担ぎ上げようとしたとき、男は後ろ側の箱を摑(つか)んで引っ張った。箱の蓋(ふた)が外れてひっくり返り、なかに入れてあった醬油(しょうゆ)、味噌(みそ)、塩、酢……などの調味料がばらばらと地面に落ちた。

「おお、すまんかった。ちょっと手が滑ったわ。ほな、わては行くさかい……」

男はにやにや笑いながら行き過ぎようとした。千夏の目が蒲鉾(かまぼこ)を逆さまにしたような凶眼になった。

「待たんかい！」

「まだ用か。もう豆腐料理はいらんわ……と言うたかて、どっちみちこしらえられ

へんわな。醤油も塩も……味付けるもん、みんなのうなってしもたさかい。――ガキのくせにおとなに逆らうからこんなことになるんや。わかったか」

千夏は右手の手のひらをうえに向けて男に差し出した。

「なんじゃい、これ」

「金や。金よこせ」

「わてはまだ料理、ひと皿も作ってもろてないのやで。つまり、客やない。なんで金払わなあかんのや」

「醤油代、味噌代、塩代、唐辛子代、梅びしお代、煎り酒代、酢代、みりん代、しめて一分もらおか」

「アホ！　こんなしょうもない調味料、全部合わせたかて百文ほどやろ。ぼったくりにもほどがあるわい。まえの箱もひっくり返したろか！」

「うるさい！　金よこせ！」

千夏は男の腰にむしゃぶりついた。

「放さんかい！」

男は千夏を両手で突き飛ばし、千夏は地面に転がった。

「ざまあみさらせ、ガキめが！」

それを聞いた千夏は、箱に手を突っ込み、包丁を取り出した。男の顔色が急に蒼(あお)ざめた。

「ななななにすんのや。ただの冗談やないかい。昼酒に酔うてしもたさかい、酔い覚ましに物売りをからこうただけや。マジにとったらあかんで」

「ただの冗談？　うちにとっては生きるか死ぬかや。――殺したる」

「や、やめんかい。ひいいっ」

男は悲鳴をあげ、頭を抱えてうずくまった。千夏は男に飛びかかった……はずだった。しかし、千夏の身体は宙に浮き、そのまま止まってしまった。見ると、髭面(ひげづら)の、雲突くような大男が千夏の背中を右手でつまみ、つるし上げているのだ。

「放せ！　放さんかい！」

「この男がなにもかも悪いが、殺す、というのは賛成できんな。そのへんでやめておけ」

「うるさい。うちの勝手やろ」

「たしかにそうだが、それではおまえが町奉行所に捕まってしまう。ここはわしに任せておけ」

大男はあたりに響き渡るような野太い声で言った。

「嫌や嫌や。放してくれっ」

大男は左手の親指と人差し指で千夏の包丁をつまむようにして奪ってから、男に向き直った。そして、目を倍ほどに開けて男をにらみつけ、芭蕉(ばしょう)の葉のように巨大な手で男の顔面を鷲摑(わしづか)みにした。

「うぎゃあっ……痛い痛い痛い痛い」

「物売りをからかうにしても、相手を見よ。こんなこどもの商売ものを地面にぶちまけるなど、冗談ではすまぬ。――有り金をすべて出せ」

「そ、それが……これだけしかおまへんのや」

男がふところから出したのは銭が十文ほどだった。

「酒飲んで散財してしもて、残ってるのはこんだけだす。これではうどんも食えまへんな。さっぱりわやや。あはは……はははは……」

「笑いごとではないぞ！　なんでも笑いでごまかそうとするのは大坂ものの悪い癖だ」

「すんまへん……」

千夏は鼻息荒く、

「おっさん、最初から踏み倒すつもりやったんやな。――許さん」

そう言うと千夏は跳び上がって、男の顎を殴りつけた。小さな身体のどこにそれほどの力があるのか、と思えるような一撃で、男は地面に倒れた。大男が割って入り、

「まあ、待て。わしに任せろと申したであろう」

「いらん。これはうちと、このおっさんのあいだのことや。関わりないもんは引っ込んどいて」

「そう言うな。仲裁は時の氏神と言うぞ」

「仲裁なんかしていらんねん。うちはお金が欲しいねん」

「わかった。うちへ来い。わしがこの男の代わりに金を払うてやろう」

「え？　けど……おっちゃん、ただの通りすがりやろ。そんなことしてもろたら悪いわ」

「かまわぬ。それが仲裁というものだ」

地面に倒れた男は殴られた顎を痛そうに撫でながら、

「ほんまだっか。そら、ありがたい！　そうと決まったら、お嬢ちゃん……」

「お嬢ちゃん？　気色悪い呼び方せんといて」

「お嬢ちゃん、できるだけぎょうさんもらいや。そのほうが得やさかい」

大男は、男にぐいと近づき、その胸ぐらをつかむと、

「この子に金を払うてやるその代わりに、おまえにはつぐないをしてもらう」

「つぐない？」

「おまえは虎に噛まれたことがあるか？」

「アホな……あるわけない」

「では、狼に噛まれたことは？」

「おまへん」

「ならば、犬に噛まれたことはあるだろう」

「いやー、それもおまへんなあ」

「そうか。ならば、人間に噛まれたことはあるか？」

「いっぺんもおまへん」

男がそう言った途端、大男は男の尻をまくり、右の尻たぶにがぶり……と噛みついた。

「ぎょえええええーっ」

「これがおまえのつぐないだ。この痛みをよう覚えておけ」

「ひえええっ」

尻に歯型のついた男は転がるように逃げ出した。

「はっはっはっ……汚い尻だわい。おととい来い」

男の背中に罵声を浴びせかけると、大男は千夏に、

「さあ、行くぞ。わしについてこい。遅れると置いていくぞ」

千夏はだんだんこの大男の自信に満ちた物言いに腹が立ってきた。

(このおっさんも結局はうちがこどもやさかいなんでも言うこと聞く、と思とるみたいやな……)

千夏は、

「あのなあ、やっぱりお金はもうええわ」

「なぜだ。金が欲しいのではなかったのか」

「いや……おっちゃんからもらうのは筋違いや。おっちゃんはうちにそんなことする義理はない。せやから、お金はあきらめる。ほな、さいなら」

「待て待て。せっかちなやつだ。義理、というのは嫌な言葉だが、おまえがそう言うなら、わしにも言い分がある。わしはあの男の尻に嚙みついた。それゆえあの男に代わって、おまえに金を払う義理がある。そうであろう」

「え？　そういうこと……なんかな」

「そういうことにしておけ」

「けど、うちはひとから恵んでもらうのは嫌なんや」

「ならば、無利子無証文でいつまでも貸しておく。返さずともよい」

「うち、お金の貸し借りはせんことにしとるんや」

「ややこしいのう」

「あのな、おっちゃん、お金のことをなあなあにしてたらそのうち大しくじりするで」

「ははは……わかったわかった」

「なにがわかったんや」

「おまえが苦労してきたことがわかった」

「うち、同情されるのも大嫌いやねん」

大男は苦笑いして、

「いや、ご立派。たいしたものだ。ならば、こういうのはどうだ。おまえは『百珍屋』だ、と言うておったな」

「そや。ひとつの材料で百の料理を作るんや。もちろんひとりではそんなに食べきれんさかい、ひとつから注文は受け付けるで」

「ふーむ、なかなかの珍商売だな。おまえが考えたのか」

「そや。『豆腐百珍』とか『玉子百珍』とかいう本がいろいろ出てるやろ。あれ見て思いついた」

『豆腐百珍』というのは四十年以上まえに大坂で出版された、百の豆腐料理を紹介した本である。それが大当たりとなり、その後、『玉子百珍』『甘藷百珍』『鯛百珍』など類書がつぎつぎと発売された。

「料理はだれかに習うたのか」

「死んだおとんが板前やった。『春暦』ゆうて、有名な料理屋の花板やったんやで」

『春暦』ならたいしたものだ。では、おまえに今からうちに来てもらい、百の料理を作ってもらおう。材料は、そうだな……豆腐にしよう。もちろん金は先払いする。それならばおまえも商売だ。堂々と金がとれるだろう」

「あかんわ。醤油も味噌もなにもかもなくなってしもた」

「調味料はわしの家になんでも揃うておるゆえ、それを使うてくれ。勝手がちがうかもしれぬがなんとかなるだろう」

「ごま油とか山椒とか鰹節とか葛とかもある？」

「ある」

「それやったら安心やけど……おっちゃんのとこ、家族が多いんか？」

「いや、わしは独り身だ」

「近所にでも配るんか」

「ひとりで食べる」

「ひとりで百も食べれるかいな」

「うはははは。わしは嘘は言わぬ」

大男はそう言うと歩き出した。商売と言われると断るわけにはいかないし、どうしても千夏の損を埋めてやりたい、という配慮もありがたく感じられたので、千夏は一緒に行くことにした。

「うち、千夏ていうねん。おっちゃんは？」

「わしは兜小路梅王丸という」

「はあ？　変な名前やなあ」

「わしは公家だ」

「嘘や」

「わしは嘘は言わぬと言うただろう」

「あのな、おっちゃん、教えといたるわ。公家ゆうのは、もっとほっそりしてて、きれいな顔で、白う塗ってて、きれいな着物着て、上品にしゃべるもんや。おっちゃんはまるで逆さまやんか」

「太って、ごつい顔で、柄の悪いしゃべりかたをする公家もおる。というより、公家だったのは昔のことだ。今は、これから行く長屋の家守をしておる。そこでは、皆から『南蛮兜の親方』もしくは『長屋王』と呼ばれておるな」

「南蛮兜ってなに？」

「西洋の海賊がかぶっていた鉄の兜だが、左右に牛の角のようなものが生えておる」

「へえー、見たい見たい見たい」

「見たくばあとで見せてやろう」

ふたりは平右衛門町を西に向かった。右手に溝と高い板塀が延々と続いている。昼間だというのに、なかからは三味線の音、都々逸を歌う声、酔客が手を叩く音などが聞こえてくる。

「この塀のなかが新町やな」

「そうだ。知っておるのか」

「きれいなべべ着たお姉さんがいっぱいいてるとこやろ」

「まあ、そういうことだ」

梅王丸は新町を横目に見ながらずんずん歩いていく。

「なあ、おっちゃん……なんでうちを助けてくれたんや?」

「こどもがおとなにひどい目に遭わされているのを見過ごしにできんからだ」

「うちやったらほっとくな」

「なぜ」

「毎日大坂のどこかでだれかがだれかにひどい目に遭わされてるんやで。知り合いやったらともかく、知らんもんを助けてもしゃあない……と思う」

「そうか。わしはそうは思わぬ。目のまえでだれかが困っていると、ついおせっかいをしたくなる。とにかく、こどもをひと殺しにするわけにはいかぬからな」

「あははは……あれはただのはったりや。ほんまに殺したりするかいな。——とは言うものの、かなりカッとしてたさかい、ひょっとしたら勢いでひょっとしてたかもしれんわ。——あのな、おっちゃん」

「なんだ」

「ひと殺しにならんようにしてくれて、おおきに」

「うわはははははは。はじめて礼を言うたな。よいよい。ついてまいれ」

千夏は、

（なんや、うちはあんたの家来やないで……）

と心のなかで文句を言いながらも梅王丸に従った。

途中で梅王丸は一軒の豆腐屋に寄り、

「豆腐をくれ」

「南蛮兜の親方はんだすか。何丁ほど？」

「百丁だ」

「アホなことを……もう昼過ぎだっせ。そないに豆腐残ってますかいな」

「ならば、あるだけ売ってくれ。悪いがあとでうちまで届けてもらえるか」

「総ざらえとはありがたい。今、十四、五丁しかおまへんけどな。そうと知ってたらもっとぎょうさん作っといたらよかった」

「このあたりにほかに豆腐屋はないか」

「おまっせ。向こうの町内に二軒」

「そこにも声をかけて、なんとか百丁そろえてくれ」

「百丁……は無理だっしゃろなあ」

千夏が、

「おっちゃん、豆腐一丁で三つぐらいの料理作れるで。せやから三十五丁ぐらいでええねん」

「なんだ、そうか。――豆腐屋、それぐらいなら調達できるだろう。頼むぞ」

「承知しました。けど、親方、よくよく豆腐がご入用だすのやな。なにに使いますのや」

「決まっている。わしが食うのよ」

梅王丸は豪快に笑うと豆腐屋のまえを離れた。

「なにか買いものはないか。豆腐だけでは料理になるまい」

「ほな、ちょっと八百屋と魚屋に寄ってほしいねんけど。あと、玉子屋」

「よしきた」

千夏はなんだか楽しくなってきた。「百珍屋」と名乗ってはいるものの、実際に百種類の料理を注文する客は稀である。

(今日は久しぶりに腕を振るえそうや……)

少しずつではあるが大量の買いものを終えたふたりはそれらを抱えて新町の西側にやってきた。立売堀南裏町のあたりに、その長屋はあった。いわゆる「裏長屋」というやつで、木戸には「しやうとく長屋」という文字が書かれた立て看板があった。見たところかなりの貧乏長屋のようだ。八軒長屋や十軒長屋が十棟ほど並んでおり、どの家もおんぼろだ。なかには戸のない家や屋根に穴が開いている家などもある。井戸端で洗濯をしているいわゆる「かみさん連中」の身なりを見ても、裕福そうなものはひとりもいない。皆、梅王丸を見かけると、

「親方、こんにちは」

「親方はん、今日はコブ付きだすか」

などと親しみを込めて挨拶をする。梅王丸が界隈で敬愛されていることが千夏にもわかった。千夏が小声で、

「コブ付きってなに？」

ときくと梅王丸は、

「おまえのことだ」

「えっ、うち、コブやったんか」

梅王丸はいくつかの十軒長屋を過ぎ、ある長屋のまえで立ち止まった。普通、十軒長屋ならば、棟を長く作ったひとつの横長の家を、薄い壁で十個の部屋に均等に分ける。これを「棟割長屋」といい、その場合は、一戸が九尺二間（土間と座敷を合わせて六畳ぐらい）になるが、真ん中にある一室だけがほぼ倍ぐらいの広さがあ

る。そこが梅王丸の家だった。

「ここだけえらい広いんやな」

千夏は感心したように言った。

「わしはこの長屋の家守だ。それゆえ、いちばん広い部屋に住んでおる」

「へえー、おっちゃんお金持ちなん？」

「いや、わしはあるひとからこの長屋の差配を任されておるだけだ。――さ、入ってくれ」

うながされてなかに入ろうとした千夏の耳に、

「ブモオオオーッ！」

という、鼓膜が破れそうな吠え声が聞こえ、千夏は仰天して飛び下がった。

「い、今の声、もしかしたら……」

「そうだ。牛を飼っておる」

梅王丸はおのれの家のすぐ隣を指差した。そこは牛小屋になっていて、大きな黒牛が顔を突き出していた。牛は草をもしゃもしゃと食べながら千夏を見ている。

「こいつは牛若丸という」

「噛んだり、暴れたりせえへん？」

「するものか。わしと同様、おとなしいものだ」

千夏はこわごわその牛の角をちょん、とつついた。

「ブモオオオーッ!」

牛はよだれを垂らしながらふたたび咆哮し、千夏はひっくり返りそうになった。

「おとなしいことないやん! けど、なんで田んぼもないのに牛なんか飼うてるの?」

「公家というのは牛を飼うものだ」

わかったようなわからないような答が返ってきた。千夏は、牛をちらちら見ながら、梅王丸の家に一歩足を踏み入れた。一畳半ほどの土間にへっつい(かまど)と水瓶などが置かれ、少し高くなったところに四畳半ほどの部屋がふたつある。千夏は、買ってきた野菜や魚などを土間に置き、倹飩箱から土鍋や鉄鍋をいくつか取り出すとそこに水を入れた。すり鉢やおろし金、菜箸を出し、カンテキ(七輪)に火を入れる。

「ええ長屋やなあ」

千夏が言うと、

「そう思うか」

「住んでるひとみんな、お金はなさそうやけど、顔が明るいわ。明日のこと心配せんと暮らしてる。うちの長屋とえらい違いや。うちの住んでる長屋のひとらはみんな、いつ追い出されるかとびくびくして、いっつも暗ーい顔してる」

「だが、この長屋もどうなるかわからぬ」

「えっ？　そうなん？」

「新町の遊郭毘沙門屋の主で新町五曲輪年寄肝煎りの毘沙門屋卜六郎という男が、新町を倍の大きさに広げたいという計画をぶち上げよったのだ」

新町は、南地、堂島新地、堀江……などとは異なり、江戸の吉原、京の島原と並ぶ、公儀によって認可された遊郭であった。それをもっと広げようというのだ。そのためには、いわゆる「地上げ」を行わねばならないが、聖徳長屋もその対象になった、というわけだ。新町のすぐ南には堀江遊郭があるが、格式などの点では新町とは比べものにならなかった。豪商や裕福な武士などが主な客筋である新町を倍に広げれば、大儲けが期待できるのだ。

毘沙門屋と組んでいるのは米問屋相模屋福二郎で、金なら無尽蔵にある。土地代は高騰し、持ち主たちは喜んで土地を手放した。抗っているのは梅王丸だけ……という状態になっていた。

「だから、皆はここのことを『崖っぷち長屋』と呼んでおる。この長屋がなくなれば、貧乏人が住む場所がなくなる。わしは断固として拒絶するつもりなのだ」

「そうやったんか……。おっちゃん、ええひとやな」

「はっはっはっ……」

梅王丸は豪快に笑った。

「おっちゃん、醤油とか味噌とかどこにあるん？」

言われて梅王丸は、びんや瓶、箱などに入ったそれらを千夏のまえに並べた。たしかになんでも揃っている。

「うわあ、これだけあったらなんでも作れるわ」

これで準備完了である。まな板と包丁を出し、水を張った「流し」という木箱のうえに置いて、野菜を切る。

「野菜の屑を捨てておいてやろうか？」

「これは屑やないで。ゴボウの端っこも、大根の尻尾も、ニンジンの皮も、イモのへたも、硬い芯の部分も捨てずに大事に取っとくねん」

つづいて魚の下ごしらえをする。アナゴの切り身を焼きながらマグロの柵をぶつ切りにし、アジをさばいていると、

「ごめんなはれ。豆腐屋だす」

さっきの豆腐屋が来た。

「ようよう四十丁かき集めてきましたけど、それでよろしか？」

梅王丸が、

「ありがたい。代はいくらだ？」

言われたとおりの額にすこし色をつけて払うと、豆腐屋は喜んで帰っていった。

「ほな、千夏の百の献立、はーじーめーるーでー」

梅王丸は一升徳利（いっしょうどくり）から湯のみに酒を注ぎ、

「待ってました」

それから千夏の奮闘がはじまった。最初に出したのは、

「冷奴（ひややっこ）や」

「おう、大好物だ」

見ると、冷奴といってもほんのひと口分だが、うえにネギと花かつおを散らし、そこにかけた醤油にはすこしごま油を混ぜてある。

「うむ……美味（うま）い。さっぱりしていて、コクがあるのう」

「冷奴、まだまだ行くで！」

つぎは、賽の目に切った豆腐に煎りごまとおろし生姜を載せ、醬油をかけてある。

「ふむ……これも酒が進むのう。ただの醬油ではない、と見たが……」

「おっちゃん、舌肥えてるなあ。ほんのちょっぴり酢を落としたのや」

「道理で……」

「つぎはこれ！」

大振りに切った豆腐に茗荷と生姜とネギとニンニクを刻んだものを山のように載せ、みりんを少々入れた醬油をかけ回した一品。

「酒が進むのう」

「この三つが先付け代わりや。つぎは汁ものやで」

豆腐を細長くそうめんのように切ったものを椀に入れ、熱い出汁を張って、かぼすの汁をかけたものが出た。それを飲んでいると、

「つぎは煮ものや」

焼き豆腐とゴボウを醬油とみりんで照りよく煮たものが出された。

「甘すぎず辛すぎず……酒にぴったりの味だわい」

「白和え！」

こってりのつぎはあっさりである。千夏は手際よくいくつかの料理を同時に進め

て、矢継ぎ早に出すが、同じようなものは続けないので食べ飽きない。

「つぎはマグロ豆腐！」

豆腐を薄く切り、ごま油でカリッと焼いて、そのうえにサイコロのように切ったマグロを載せ、おろし醤油をかけたものだ。

「今度は味噌汁や」

なんのことはない豆腐の味噌汁だが、ネギを山のようにかけてあるので豆腐が見えない。

「この味噌汁だけで酒が飲めるのう」

梅王丸は出される料理をかたっぱしから食べながら、酒をぐいぐい飲んでいる。ほとんどひと口で丸飲みにしているのだ。椀に入れたはずの料理が一瞬で消えているので、千夏は、

（入れ忘れたかいな……）

と心配になるほどの早食いだった。

「よっしゃ、おっちゃんがそう来るならこっちもねじり鉢巻きや！　はりきって行くで！」

つぎは潰した豆腐に豆やニンジンやこんにゃくを細かく切ったものを入れ、油で

揚げたところに、葛でとろみをつけた餡をかけたもの、冷奴に大量の唐辛子を振りかけたもの、豆腐のなかをくりぬいて梅肉をたくさん詰めて焼いたものが同時に出された。

「うーん、美味い！」

「大丈夫か、おっちゃん。そろそろお腹くちいんとちがうか」

「まだまだ入るぞ。どんどん作れ」

すでに梅王丸は十丁ほどの豆腐を食べている。千夏は呆れて、

「これやったらほんまに百丁食べれるんとちがうやろか……」

その後も、里芋やキノコと煮込んだのっぺい汁、アジを包丁で細かく叩いたなめろうを載せたもの、味噌をつけて焼いた豆腐田楽、ゆで卵と豆腐をつぶして和えたもの、よく水切りをした豆腐に抹茶と塩を全面にまぶしたもの……などがつぎつぎと出され、梅王丸はそれらをつぎつぎ食べまくる。しかも、じつに美味そうに食べるのだ。

「おっちゃん、うち、おっちゃんのこと気に入ったわ」

「ははは……なにゆえだ」

「うちの作ったもんを美味しそうに食べてくれるやろ。どんなもん出してもまずそ

うに食べる客は嫌いや」

「そんなやつがおるのか」

「おるおる。そういう食べかたが通やと思とるんや。おっちゃんみたいに笑いながらばくばく食べてくれたら、スカッとするわ」

「わしもまずいものはまずそうに食うが、どれも美味いのだからしかたがない」

「さあ、どんどん行くでーっ！」

豆腐と山芋をすり潰し、熱湯に入れてはんぺんのようにしたもの、水分がなくなるまで空煎りして、粒々になったところに塩をかけたもの（飯にふりかけて食べる）、野菜などはなにも入れず、昆布を敷いただけの湯豆腐（ただし湯ではなく酒で煮る）、焼いてタレをかけたアナゴを載せ、わさびを添えたものなど……千夏の献立には際限がない。汁ものも、アジの骨と頭を使った潮汁、味噌汁、醤油味の汁……などひとつとして同じものはないのだ。そしてとうとう、

「これで百品目や！」

そう言って出されたのは、潰してから焼き固め、羊羹のような形に白砂糖を振りかけたものだった。

「ふむ、甘味代わりというわけか」

梅王丸はそれもぺろりと平らげ、

「いやあ、食うた食うた。すっかり堪能したわい」

「ええ食べっぷりやなあ。おっちゃんほどよう食べるひとはじめて見たわ。お酒もようけ飲んだなあ」

「たかだか二升ほどだ。それにしても、百種類もの豆腐料理の作り方を覚えておるとはたいしたものだな」

「あははは……そんなことでけるかいな。うちが得意なのは即席料理や。作りながら考えるねん」

「なんと……」

「――けど、まだ豆腐、十丁ほど余ってるねん。どうする？」

「まだ食うてもよいぞ」

「こっちが種切れや。せっかく百種類出したんやからおんなじ料理は作りとうないねん」

「ならば、金は払うゆえ、それを使って料理を作り、長屋のものに食べさせてはくれぬか」

「それやったらかまへんで」

梅王丸は立ち上がると、

「暇な連中を呼んでくる」

　そう言って外へ出ていった。すぐに戻ってきて、

「たいがいのものは出商売ゆえ、あまり人数は集まらなかった。今は晴れたが、朝は雨が降りそうな雲行きだったので、出損ねた連中……全部で四、五人だな」

「わかるわかる。うちかてそやもん」

　長屋というのは日家賃である。毎日、少額の家賃を家守に払わねばならない。しかし、さっきの豆腐屋のように店を構えているものとちがって、かつぎ、棒手振りというのは、朸一本に商売ものをぶら下げて、出歩かないと商いにならない。しかし、雨の日もあれば風の日もある。つまり、「仕事に出られない」日があるのだ。そういうときは家賃が払えない。出商売のものたちは、天気さえよければいくらしんどくても朝から夕方まで外で商いをしたい、というのが普通である。それゆえ、昼間に長屋に残っているものは少ない。

「こんにちはーっ」

「親方はん、タダ飯にありつきにきましたで」

「親方ーっ、腹減ったーっ」

三人の男とひとりの女が相次いで入ってきた。梅王丸は、

「この子が凄腕料理人だ。今から美味い料理をたらふく食わせてやるぞ。もちろん酒もある」

「うわー、楽しみや！」

「へー、こんなこどもが……わくわくするなあ」

千夏は照れたように、

「凄腕なんてゆうことない。けど……一生懸命作らせていただきます」

梅王丸は人数分の湯呑みに酒を注いだあと、

「だが、もう材料が豆腐しかあるまい。あとは大根の尻尾やイモのへた、ニンジンの皮、魚の頭や骨ぐらいだろう」

「心配いらん。それで十分美味しいもんが作れるんや」

「こんな野菜屑や魚のアラでか？」

「屑やあらへん。ちゃんとした材料や。まあ、見ててみ」

千夏がニンジンの皮を丁寧に刻みはじめたとき、

「えらいこっちゃ、親方！」

二十五歳ぐらいの男が飛び込んできた。

「どうした、重松」

「また来やがったぜ、例の連中」

「毘沙門屋か」

「今日はなんにんも引き連れてらあ。もうじきここに現れるだろうよ」

「わかった」

梅王丸は千夏に、

「千夏、料理はしばらくおあずけだ」

「だれが来るの？」

一同に緊張が走っているのを感じ、千夏は少し怖くなってきた。

「このあたりの長屋を潰そうとしておるやつらだ」

しばらくすると七、八人の男たちが入ってきた。先頭に立っているのは四十代半ばぐらいの、小太りで頭の鉢が大きい、商人風の町人だった。目が細く、にやにやと薄笑いを浮かべている。

「今日は人数が多いな、毘沙門屋」

梅王丸が先に声をかけた。

「そろそろケリつけたろ、と思いましてなあ」

「わしもそれは望むところだ。おまえの顔を見るだけで気分が悪くなる」

「ほな、明け渡してもらいまひょか、崖っぷち長屋を」

「馬鹿を言うな。二度とこの長屋に立ち入るな、とこのまえ申し渡したはずだ」

「親方はん、このあたりの長屋で明け渡しに承知してないのはあんたとこの十棟だけだっせ。あとはどこの家主も、喜んで手放すと言うてくれた。明日にでも取り壊しと造作にかかりたいところだす。ええかげんに腹くくってもらえまへんやろか」

「おまえこそいいかげんにあきらめたらどうだ」

「今日は、はい、そうだすか、と帰りまへんで。わては、聖徳長屋を全部潰したあとに大きな料理屋を建ててな、新・新町の目玉にしようと思とりますのや。そこから全部の揚屋に出来立ての美味い仕出しを運ぶ。これはウケまっせ。その店の花板は……おい、欣也」

「へえ……」

背の低い、前掛け姿の町人が進み出た。

「この男に任せようと思うとるさかい、今日、連れてきましたのや。欣也、おまえの店になる場所や。よう見とけ」

梅王丸は、

「勝手なことを抜かすな」

そう言うと、欣也という男をぐいとにらみつけた。欣也はおびえて一歩下がった。

毘沙門屋は、

「欣也を脅かさんといてもらいまひょ。大坂で一番の料理屋『春暦』の花板やった男だっせ。大坂一、ゆうことは、日本一ゆうことや。と言うても、欣也の料理があんたらの口に入ることは生涯ないやろけどなあ。貧乏人には縁のない贅沢料理だすわ。とにかく大坂の食い道楽のあいだでこの男を知らんものはおりまへんやろなあ。その板前をわてが引き抜いたのや。欣也が包丁を握る店を新・新町にどーんと建てる。これは流行るでぇ」

毘沙門屋の目にはすでに儲けた小判が見えているようだった。毘沙門屋を怒鳴りつけようとした梅王丸は隣にいる千夏の身体が小刻みに震えていることに気づいた。目も血走って、梅王丸以上の眼光で欣也をにらみつけている。

「どうした、千夏」

「こいつ、うちのおとんを殺したやつや!」

欣也が、

「ひと聞きの悪いことを……。いくらこどもでも、なにを言ってもいいわけじゃねえぜ」

「うち、嘘言うてへん。あんた、卯之助知ってるやろ」

「卯之助……？」

欣也はしばらく考えていたが、

「もしかしたら『春暦』の板前やった卯之助か？」

「そや。あんたのまえに花板やったんや」

「あっははは……あの下手くそな包丁人かよ。なんとなく覚えてらあね」

「あんたと料理勝負したんや。忘れてるわけないやろ」

「そうだったそうだった。あんな下手くそが花板してたら客も減るし、『春暦』の看板に傷がつく、と思ったから、おいらが旦さんにお願いして勝負させてもらったんだ。こてんぱんにしてやったぜ」

千夏はなにか言おうとしたが言葉にならず、目に涙を浮かべ、唇を嚙みしめた。

毘沙門屋が、

「そんなことはどうでもええ。――親方はん、今日は金を持ってきたのや。これを見たらあんたの考えも変わりますやろ」

そう言うと、ふところから丁銀を紙に包んだものをどさりと梅王丸のまえに置い

た。梅王丸はかぶりを振り、

「売らぬと言ったら売らぬ。そもそもわしはここの家守で家主ではないのだ」

「それはわかっとります。せやさかい、その家主というおひとに話しさせてほしい、てまえから言うてますやろ」

「家主も、売るつもりはない、と言うておった。それに今、家主は訳あって旅に出ており、つなぎがつかぬのだ。この金は持ってかえれ」

「あんたも随分と判らずやだすなあ。わて、だんだん腹立ってきましたわ。——あのな、親方はん、わては町奉行所のお役人とも知り合いでな、こんな長屋、新町の繁栄のためや、て言うたら、いつでも無理矢理潰せますのやで」

「そんなはずはない。こちらには沽券状がある」

沽券状というのは、町人が住む「町人地」を所有するものに公儀から交付される証明書である。土地を売り買いするときは、売り主と町年寄らが名を記し、捺印した沽券状を買い主に代金と引き換えに渡さねばならなかった。沽券状のやりとりなしに勝手に土地を売り買いすることは禁じられていた。

「ほな、その沽券状を見せとくなはれ」

「それは家主が、ある場所に保管してあるのだ。このまえもそう申したであろう」

「沽券状は見せられん、家主にも会わせられん……親方はんの言うとることは無茶苦茶や。こうしてわてが下手に出とるうちに売ったほうが無難やと思いまっせ」

「脅しか」

「脅しやおまへん。今日はそれを親方はんにわかってもらおうと思て、何人も連れてきましたのや。――おい」

　毘沙門屋が合図をすると、彼の後ろにいた数人のヤクザ風の男たちと、黒の着流し姿の浪人とおぼしき侍がまえに出た。長屋の住人たちは土間の端に固まった。住人のひとりが千夏を手招きしたが、千夏はまだ欣也をにらみつけたまま動かない。

「赤蛇、やってしまえ」

　月代（さかやき）に大きな傷跡のある、裸身に赤い甚兵衛だけを羽織った男が、

「へえ……」

　と応（こた）えて匕首（あいくち）を抜いた。腕組みをした梅王丸は、

「赤蛇の縞蔵（しまぞう）というのはおまえか」

「そや。恐れ入って小便漏らすな」

「ケチなヤクザだそうだな」

「なんやと！　ここらあたりでわいの名前聞いたら、女こどもはおろか、大のおと

なも泣きだす大侠客や。わいの声かけひとつで命を捨てる子分、子方が百人ばかり……」

べつのヤクザが縞蔵の肩を指でちょいちょいと突き、

「親方……親方」

「なんじゃ、弥右衛門。今、ええとこや。黙ってえ」

「けど、子分、子方が百人て……ええとこ五、六人だっしゃろ」

「いらんこと言うな！」

梅王丸は毘沙門屋に、

「新町の五曲輪年寄の肝煎りを務める毘沙門屋卜六郎殿というご立派なおかたが、こんなだけもの連中と付き合いがあるとは……解せんことだのう」

「ふふ……うふふ……世のなか、きれいごとだけでは渡っていけまへんのや。――ビビらせたれ！」

縞蔵の子方たちが一斉に匕首を抜いた。梅王丸は動じることなく腕組みをして、

「かかってこい」

しかし、梅王丸の貫禄を恐れてだれも動こうとしない。じれた縞蔵は、

「おまえらがビビッてどうするねん。新吉、行けっ」

ひとりの男の背中を叩(たた)くと、その男は匕首を振りかざして、よたよたと進んだ。

梅王丸は、

「はっ……！」

と掛け声をかけて、男の腕を右手で軽くつかんだ。つぎの瞬間、男は一回転して土間に叩きつけられていた。

「留(とめ)、おまえ、行け」

「へ……」

留と呼ばれた男は返事はしたもののその場に立ち止まったままだ。

「行け、ゆうとるやろ！」

「へ……」

留が匕首の切っ先を梅王丸に向けて突っ込むと、梅王丸はその手首を手刀で発止(はっし)と打った。

「ぎゃっ」

留は匕首を落とした。その手首はみるみる腫(は)れ上がった。

「骨、折れたあっ」

そう叫んで留は後ろに下がった。縞蔵は、

「くそっ……どいつもこいつも頼りないやつばっかりや。もうええ。わいが行く。どえりゃあああああっ！」

声だけはいさましく縞蔵は梅王丸に一歩踏み出し、匕首をめちゃくちゃに振り回したが、その切っ先はまるで梅王丸には届いていない。

「おいおい、もっと近くに寄らぬと届かぬぞ」

「う、うるさいわい」

言われた縞蔵がもう一歩進んだとき、梅王丸はその足を思い切り踏んづけた。

「ぐええ……」

涙目になった縞蔵は足を引き抜こうとしたが、梅王丸が全体重をかけて押さえつけているので足はびくともしない。

「どけ……どかんかい」

「うははは……弱いヤクザだのう」

梅王丸が足をのけると、縞蔵はそのはずみでひっくり返った。

「おい、まだやるか？」

梅王丸が残った縞蔵の子方たちに声をかけると、皆が一斉にかぶりを振った。

「わてらそんなおとろしいことようしまへん」

「おとなしゅうここで見とりますわ」

梅王丸は毘沙門屋に近づき、

「さて、どうする？」

毘沙門屋は顔色を変えたが、

「まあ、ここはひとつ、ゆっくり話し合うということで……」

「話し合う余地はもうない。わしの返事は決まっておる。長屋は売らぬ。それだけだ」

梅王丸がそう言ったとき、千夏が、

「おっちゃん、危ない！」

そう叫んで、梅王丸の身体に突進し、その場に転がった。梅王丸が半歩横にどいたところへ、背後から浪人の刀が振り下ろされた。間一髪、梅王丸には刃は当たらなかった。浪人はたたらを踏んで、その足がまな板のうえに乗った。浪人はずるりと滑り、あわてて体勢を立て直した。逆上した浪人は、まな板のうえに置いてあった豆腐十丁と大根の尻尾、ニンジンの皮などを蹴飛ばし、土間にぶちまけると、それらをぐちゃぐちゃに踏みつけ、ふたたび刀を振り上げた。

「卑怯な真似を」

梅王丸は拳固を固め、浪人の顔面に叩き込んだ。ごぼっ、という音がして浪人は仰向けに倒れ、気絶した。

「千夏、大丈夫か」

「大丈夫。膝、擦りむいただけや。――けど、豆腐も野菜も魚も食べられんようになってしもた」

欣也がせせら笑い、

「豆腐と野菜と魚だと？　屑野菜とか魚のアラ……ただのゴミじゃねえか。豆腐もどうせ安もんだろ。おいらに言わせりゃ、こんなものは一文の値打ちもねえよ」

千夏は起き上がると、欣也に向かって指を突きつけ、

「あんた……うちと勝負せえ」

「ははははは……いくらおいらでもこども相手にどつきあいはできねえや」

「そやない。料理勝負や」

欣也は毘沙門屋や縞蔵と顔を見合わせ、

「あはは……ははは……このガキがおいらと料理勝負？　料理をなめんなよ」

「なめてるのはあんたや。勝負するのかせんのか」

「してやってもいいけどなあ。こんな、おいらが勝つとわかってる勝負をするのは

申し訳ねえや」

「あんたが負けたら、町奉行所に行って、うちのおとんを殺したことを認めてほしい」

「はあ……？」

欣也は口をぽかんと開けて、

「おめえの親父はおいらに負けた悔しさで自害したんだ。おいらが殺したのなんのって、妙な言いがかりつけるとガキでも許さねえぜ。それに、おいらが負けるなんてことはありえねえ。おめえが負けたらなにをしてくれるんだ」

「え……？」

千夏は言葉に詰まった。

「おめえ、なにかおいらにくれるもんでもあるのか。銭でも貯めてるか？」

千夏は下を向き、

「そんなもん、ない……」

「じゃあダメだ。おめえばっかり得するような勝負はできねえよ」

千夏は唇を噛（か）んだ。その両眼から大粒の涙がこぼれ落ちた。

「よし……わかった」

それまで黙って聞いていた梅王丸が言った。

「千夏、こいつと料理勝負をしろ。もし、千夏が負けたら、この長屋を明け渡してやろう」

「おっちゃん……ええの？」

「かまわぬ」

毘沙門屋が、

「ほんまかいな！　やった、やった！　長屋が手に入る」

梅王丸が、

「それは欣也が勝ったときの話だ。わしは千夏が勝つと信じておる」

「あははは……こどもが勝つはずがない。ほな、詳しいだんどりはわてがあとで案を作って、ここへ届けさせますさかいな。逃げたり隠れたりしなはんなや」

「それはわしが言いたい台詞だ」

「あっはっはー。欣也、絶対負けるんやないぞ」

「心配しなさんな。大船に乗ったつもりでいてくだせえ」

「これで長年の宿願が果たせる。新・新町ができる。――さあ、急いで帰るで」

出ていこうとした毘沙門屋に梅王丸が、

「この大きなゴミを持ってかえってくれぬか。邪魔でしかたがない」

そう言って、倒れたままの浪人を指差した。赤蛇の縞蔵の手下たちが浪人を担ぎ上げ、皆は長屋から去った。長屋の住人たちはホッと安堵(あんど)したようだったが、ひとりが言った。

「親方……あんな約束してしもてどないする気だす？　こんなこどもが料理屋の花板に勝てる道理がおまへんがな」

「それが勝てるのだ。――おまえたちはこの子の板前としての腕を知らぬが、わしはさっき身に染みた。とてつもない包丁人だ。欣也とやらがたとえどんな腕まえでも、負けるとは思えぬ」

梅王丸は大きな手で千夏の頭を撫(な)でた。

七人は梅王丸の部屋で車座になって座った。
「こやつらは皆、この崖(がけ)っぷち長屋に住んでおるものたちだ。せっかく知り合ったのだから、たがいに名乗り合うことにしよう」
梅王丸がそう言った。千夏は、初対面のおとなたちのなかで晒(さら)しものになったような気分で少し怖かったが、思い切って口火を切った。

「ほな、うちから行くで。うちは千夏。おとんもおかんも死んでしもたから、難波(なんば)村(むら)の長屋にひとりで住んでる。まえは料理屋とか居酒屋で住み込みの下働きさせてもろとったけど、ひとつの材料から百の料理を作る『百珍屋』ていう商いを思いついたさかい辞めてしもた。おもろそうやからどうしてもやりたかったんや」

ひょろひょろに痩(や)せた男が、

「なるほど、この子も珍商売の仲間かいな。ほんま、親方は珍商売が好きやなあ」

梅王丸が、

「こどもの身で毎日日家賃を払っていくのはたいへんであろう」

「まあな。けど、なんとかやってる。家賃いっぺんも溜(た)めたことないのがうちの自慢やねん」

梅王丸がほかの五人に、

「聞いたか。おまえたち、千夏の爪の垢(あか)を煎(せん)じて飲ませてもらえ」

五人は首をすくめ、

「すんまへーん」

「もうちょっと待っとくなはれ」

千夏は胸を張って、

「うちの料理、なかなか評判ええねんで。せやさかいなんとか家賃払えてるんや」

「そりゃあそうであろう。あれだけの腕があれば、わかるものにはわかる」

髪を島田に結った二十歳過ぎぐらいの女が、

「さっきの板前にお父さんを殺されたって言ってたけど、どういうことなんだね？」

梅王丸が、

「待て。その話は長くなりそうだ。あとでゆっくり聞くとしよう。──お蜂（はち）、つぎはおまえの番だ」

お蜂と呼ばれた女は目が大きく、おちょぼ口で、肌がきめ細やかだった。千夏は、

（きれいなひとやなあ……）

と思った。

「あいあい。あたいは虫屋で捨て蜂の蜂さ。ここにいる親方のおかげでなんとか暮らせてる。みんなそうだと思うよ。鈴虫や松虫を育てて売るのが商売だけど、虫ならなんだって育てられるよ。カブトムシでもゲジゲジでもなんでもこいさ。名前のとおり、蜂も扱ってて、蜂蜜（はちみつ）も売ってるよ。蜂蜜食べると肌がつるつるになって元

気が出てくるから試してみな」

お蜂に続いて、ひょろりとした青瓢簞のような若い男が、

「わたいは恋金丹のひょろ吉だす。ほんまの名前は達吉やけど、ひょろっとしてるから皆からひょろ吉、ひょろ吉て呼ばれてまんのや。わたいも親方にはえろう世話になってます。これだけ家賃の安い長屋はほかにない。というたかて、ちゃんと払えてるわけやないけどな。商売は……まあ、薬屋や。薬は薬やけど、道修町のまともな薬屋では扱うてない、惚れ薬やらなにやら怪しげな薬をこしらえて売るのが仕事だす。『恋金丹』ゆう薬が看板でな、たぶん千夏ちゃんはそんなもん、当分いらんやろけど、へへへ……よろしゅう頼んますわ」

その隣の頭をつるつるに剃った、目つきの鋭い男が、

「わては、千社札貼ったる屋の鳥助や。貼ったる屋ゆうのは、あっちゃこっちゃに千社札を貼るのが仕事や。今、自分の千社札をけったいなところに貼るのが流行ってな、たとえば高い高い杉の木のてっぺんとか、武家屋敷の天井裏とか、大商人の蔵のなかとか、お城の金のシャチホコとか……普通やったらぜったいに貼れんようなところに自分の名前の千社札が貼ってある、というのを自慢したいがためにわてに頼むわけや。千社札を作るのも引き受けとるでえ。『百珍屋』の千社札がいる

んやったら作ったる。どうぞご贔屓に」

神主のような恰好をした、きれいな白髭を床まで垂らした老人が、

「わしゃあ、おキツネ憑けの玉太夫じゃ。陰陽師崩れでな、クダギツネというキツネをひとに憑けるのが仕事じゃが、キツネ落としの払いたまえ屋も兼業しておる。キツネを憑けては落とす。二倍儲かる。ふほほほほほ……おっと、これは内緒じゃぞ。キツネだけではない。犬神でも猫でもイタチでも……なんでも憑けてやる」

残りのひとりは、長い蓬髪を後ろでくくった、目の小さい、口のやたらと大きい男だった。

「あとは俺だけだな。俺ぁ、とっこい屋の重松てえもんだ。神社とかお寺の境内で『とっこいとっこい』っていう当てもんをやってるのを見たことねえかい？　相撲取りの名前とか数字を書いた丸い板に、離れたところから客に吹き矢を吹かせて、当たったら景品を出す、ゆうのが商売さ。おぎゃあと生まれたのは江戸の神田だが、流れ流れて大坂に根をおろしちまった。今じゃすっかり上方訛りに……なっちゃあいねえな、ひひひひひ……」

五人の自己紹介を聞いて千夏は目を丸くした。

「うわあー、聞いたことのない商売ばっかりやなあ。うちの『百珍屋』もたいがい

けったいやと思てたけど、うち、負けるわ」

玉太夫が、

「ほほほほ……商売に勝ち負けがあるものか」

「けど……なんでうちみたいなこどもにおとなのみんながこんなにちゃんと自己紹介してくれるん？」

捨て蜂のお蜂が、

「それは、おとなとかこどもとかに関係なく、あんたがあたいらと同じように、自分で商売を考えて、それでおまんまを食べてる人間だからさ。あたいたちとあんたは対々(たいたい)だよ」

これまでそんなことを言ってくるおとなははじめてだったので、千夏は少し目がうるうるした。梅王丸が、

「わははは……今は来ていないだけでほかにも珍商売のものはたくさんおるぞ」

「なんでこの長屋は珍商売のひとばっかり住んでるん？」

「それにはわけがある。また、話す折もあるだろう。まずは、おまえの父親のことから聞こうか」

「わかった……」

千夏は話し始めた。

◇

千夏の父親は、卯之助という。四天王寺近くにある名高い料理屋「浮瀬」の板前だったが、それに満足せず、京都でも修業を重ねて、大坂に戻ってきたとき、「春暦」の花板として迎えられたのだ。大坂料理の豪快さを基本に、京料理の雅さ、江戸前料理の気っぷの良さ、南蛮料理の斬新さ……なども取り入れて、独自の料理を完成させた。吸いものひとつ取っても、何十通りにも作り分ける腕は食通たちに高く評価され、「春暦」には卯之助の料理を食べたいというものたちが、大坂のみならず、遠く江戸からも訪れるようになった。

卯之助は、自分の考えた料理法などを少しずつ千夏に教え込んだ。千夏は手先が器用でおとな顔負けの包丁さばきをするうえ物覚えが早く、卯之助は、

「おまえはすごいな。わてよりも上手くなるんとちがうか」

「へへへ……」

卯之助は千夏の料理人としての天分を見抜き、熱心に仕込み続けた。千夏は、ひとつの料理を教えると、そこに自分なりの工夫を加えてべつの料理を作る才能があ

った。

「一を聞いて十を知る、て言うけど、おまえは一の料理を教えたら十の料理を作りよる。たいしたもんや。この本、知ってるか」

そう言って卯之助が取り出したのは『豆腐百珍』という本だった。

「豆腐の料理が百種類、載ってる本や。板前は、ひとつの材料を与えられたら、そこから百の料理が作れるようにならなあかん。ゆくゆくはおまえと一緒にそういう店を持ちたいもんやな」

「やろ！　屋号は……『百珍屋』ゆうのはどや？」

「ははは……『百珍屋』か。そらええわ」

公私ともに充実していたそんな卯之助をねたんだのが、板前としては四番手だった欣也である。生まれは大坂だが江戸の高級料亭で長年修業し、花板にまでなった欣也は、自分の腕に絶対の自信を持っていた。それゆえ「春暦」には当然、花板待遇で迎えられると思っていた。しかし、彼の料理を試食した「春暦」の主喜左衛門は、吸いものをひと口すすり、煮ものをひとつ口に入れただけでかぶりを振り、

「まだまだやな。うちで働くのやったら、一から修業しなおすつもりでないと無理や」

「どうしてですか。おいらは江戸で花板を張ってた男ですぜ。江戸は日本中からお大名が集まるし、公方さまもおいでになる。そういう雲のうえの方々もお忍びで訪れるような店で、皆の舌をうならせてきたんでさあ。はばかりながら、天下一の料理人だと思っていやす。おいらの料理、浪花の商人衆の下衆い口には合わねえかもしれませんけどねえ」

すっかり江戸っ子訛りになっている欣也を喜左衛門は笑って、

「えらい天狗さんを雇うてしもたもんやな。けど、おまはんのこの料理、たしかに江戸のひとには合うのかもしれんが、浪花の食道楽にはそっぽ向かれると思うで」

「どうしてです」

「田舎臭うてケチ臭い」

「な、なんだって！」

「あのなあ、江戸でご立派なかたがた相手に料理こさえてたかもしれんけど、ほんまは上方より江戸のほうがケチ臭いのや」

「そんなこたぁねえ。商人はしぶちんだから、奉公人に食わせるものも漬けものやら出汁取った昆布を醤油で煮たものだ。あとは、塩サバのアラを使った船場汁。江戸ではどれも捨てるもんですぜ」

「それは、金の大事さを奉公人に教えるためや。一生懸命働いて、自分で金を稼げるようになったら、美味いもんをなんぼでも食えるようになる。それまでがんばりや、ていうことや。ほんまの食道楽は、食べたいというもんがあったら金を貯めて貯めて貯めて貯めて、それを一度にバーッと使う。江戸のお職人みたいに、宵越しの銭は持たん、ゆうて毎日、稼いだ金をその日のうちに使うてしまうようでは、ほんまの美食はでけんのや」

「………」

「うちに来る客は、なんぼでも銭のある大商人でも一年かけて爪に火を灯すように金を貯めた貧乏人でも、高い高い料理を注文しなさる。飲食への執念が、江戸のおかたとは違うわなあ。正直、江戸のお武家さんは、食べるもので贅沢するような態度はよろしゅうない、武士は食わねど高楊枝、腹さえ満ちたらそれでええ、戦の場では質素倹約……というお考えが、少なくともうわべだけはいまだに残ってはるように思う。それにくらべて上方の商人は、『なんぞ珍しい、美味いもんないかいな？　安いにこしたことはないけど、美味いんやったら金に糸目はつけへんで』という具合に、いつも贅沢な材料で美味しいものを食べたい、と素直に、貪欲に求めてた。どっちに美味いもんができあがるかいなあ」

「う……」

「それに大坂は天下の賄い所や。日本中から最高の材料が集まってくるうえ、瀬戸(せと)内(うち)という宝物蔵を抱えとる。鯛(たい)でも蛸(たこ)でも海老(えび)でも蟹(かに)でもアナゴでもハモでもサザエでも取り放題や。ええ材料がなんぼでも転がってるのに、おまえは江戸での料理の作り方が身に沁(し)みとるさかい、セコいもんしか作られへん。おまえに、なんぼでも金出すさかい高い料理作ってくれ、て注文したかて、どんだけがんばっても十両どまりやろ。大坂ではな、三十文しかお持ちでないかたには三十文の料理を出すけど、百両持ってるおかたには百両取れる料理を出さなあかんのや」

「じゃあ、おいらの料理はケチ臭(くせ)え、と……」

「それだけやない。江戸には日本中から大名とそのご家来衆が集まってくる。そのひとらの口に合うのは田舎の味付けや。江戸では濃口醤油にみりんや砂糖を入れた、濃い味付けが好まれるけど、上方では出汁の味がちゃんと味わえるような薄い味付けが好まれる。せやさかい、おまえの料理は田舎臭い、とこう言うたのや」

欣也はがっくりと肩を落とした。

「どないする？　気に入らんのやったらよそへ行ってもろてもええで」

しかし、主の言葉が本当なら、どこに行っても同じだろう。天狗の鼻をへし折られた欣也は「春暦」で働くことにした。もちろん、花板と四番手ではもらえる給金の額も天と地ほどちがううえ、花板の卯之助はなにかにつけて、欣也に教えようとする。江戸で欣也が働いていた料理屋の先輩たちは、「料理は教わるな。盗め」と言って、一向に教えてくれなかった。

「これじゃあダメだ。こんなもの、客に出せねえよ。作り直しな」

とダメ出しをする。どこが「ダメ」なのかわからないが、たずねても答えてくれない。適当に作り直すと、また「ダメ」だ……。そんなことの繰り返しだった。しかし、卯之助は欣也を育てようとしているらしい。それがまた腹立たしいのだ。

(江戸の一流店の花板まで務めたおいらを新米扱いしやがって……)

拗ねた欣也は毎晩大酒を飲んだが、あるとき、一気に形勢を逆転する妙案を思いついた。欣也は主のところに行き、

「おいら、あのときの旦那のお言葉で目が覚めて、修業に打ち込んだ甲斐あって近頃は腕が上がり、卯之助どんにも勝るようになったという手応えがござんす」

「ほう、大きく出たもんやな」

「その修業の成果を試してみてえんで」

「ええけど……どないして？」

「もし、おいらが卯之助どんと料理勝負をして勝ったら、おいらを花板にしてくだせえやすか」

「卯之助と勝負……勝てるんか？」

「勝てると思ってるからお頼みしてるんでさあ。負けたら、潔く店を辞めますぜ」

「ほう……そこまで思いつめてるとはな。――よっしゃわかった。勝ったほうを花板に据える」

「約束ですぜ」

料理勝負の話に卯之助は驚いた様子だったが、それまでのいきさつを喜左衛門に細々と聞かされて、

「花板としては、勝負を挑まれたら嫌とは言えまへんわな。よろしゅおます。やりまひょ」

と承知した。行司役は「春暦」の主喜左衛門、審判役（判者）は茶道具屋「茶悦堂」の主、大坂船手奉行付き与力何某、飛脚問屋「佐川屋」の主、歌舞伎役者の市川佐渡右衛門など、いずれも食道楽として知られる面々であった。料理は一品のみ。なにを作ってもかまわない。材料の制限もない。それを食して、美味い、と思ったほうに投票し、票が多かったほうが勝ちとなる。ふたりはその日から献立を練りに

練った。次第に決戦が近づくある日のこと、

「これはどういうことや！」

「春暦」の主が一枚の紙を手にして欣也のもとにやってきた。

「なにか？」

「この読売（瓦版）に書いてあることや」

そこには、「春暦」の花板卯之助に四番手の板前欣也が料理勝負を挑んだことが詳しく書かれており、勝てるかどうかは時の運、なにを美味く思うかはひとそれぞれだが自分は花板より上手いという自信があるから思い切って勝負することにした、という欣也の言葉が載っていた。

「ああ、それですか。読売屋が来て、話を聞きたいてえから答えたまでのことですが……いけませんでしたかね。嘘はついてませんぜ」

「うちの店についてしょうもない評判が立ったら困るやないか。今後は慎みなはれ！」

「へいへい」

欣也はこれでまえ評判が上がれば、自分への注目度も上がる、と思ったのだろうが、その狙いは当たり、「春暦」で板前同士の料理勝負があるらしい、という噂が

大坂中を駆け巡った。自然と、欣也の名前が皆に知られるようになった。瓦版の挿絵で、卯之助は憎々しげな敵役風に、欣也は色白の優男風に描かれていたことも欣也の人気を後押しした。

「番狂わせで、四番手が花板に勝ったらおもろいやろなあ」

「将棋で言うたら、歩兵がと金になって王さん取る、みたいなもんやな」

「よっしゃ、わい、四番手を贔屓するで」

「わいもや」

そして、勝負の日が来た。「春暦」の大座敷に審判役たちが座している。卯之助と欣也は後ろの方に座っている。卯之助は寝不足なのかときどき欠伸を洩らし、喜左衛門に小声で「これ！」と叱られている。

「ほな、勝負をはじめまひょか。わては行司役やさかい、料理はいただきまへん。どうぞ皆さん、しっかりと味見をお願いいたします」

喜左衛門がそう言って合図をした。

仲居頭を先頭に仲居たちの手によって、まずは欣也の料理が運び込まれた。それはひとつの大皿に鯛、ヒラメ、サワラ、鰻の蒲焼き、里芋の煮転がし、なます、大根煮、こんにゃく、カズノコ、玉子焼き……などさまざまな料理がぎっしりと詰めあわされたものだった。しかも、まるで大輪の花が咲いたかのように盛りつけられていて、絢爛たる外観だった。

「豪華やなあ。盆と正月が一緒に来たようや」

佐川屋の主が言った。

「なるほど。料理は一品のみ、という縛りを逆手に取り、ひと皿になにもかも詰め込んだか。考えたものだ」

与力が言った。皆はそれぞれの膳部に箸をつけた。

「美味い。どれも、極上の材料を使とるなあ」

欣也が一同に、

「鯛、ヒラメ、サワラは今朝瀬戸内で上がったばかりのもの、鰻は淀川で昨日獲れたのをひと晩泥を吐かせたもの、野菜も天満の青物市場のセリでいちばん高い値がついたものでございます」

「金がかかっとる、いうことやな。役者の衣装と同じで、見てるだけで贅沢しとる気になるわ」

市川佐渡右衛門が言った。欣也はほくほく顔で、

（しめた。評判は上々だな……）

そう思っていると、「茶悦堂」の主が、

「けど、この料理は粋やおまへんわな」

与力もうなずいて、

「わしもそう思う。花見の弁当ではあるまいし、美味いものをなんでも押し込めばよいというものではない」

市川佐渡右衛門も、

「料理というのは芝居みたいなもんや。序幕からはじまって、二幕、三幕……という流れがないと客は飽きてしまう。それも、後ろにいくほど面白うなっていかんと、見終わったあと物足らん。こんな風にいっぺんになにもかも出されたら、大序から大切りまで全部の幕を一緒くたにやってるようなもんで、筋書きとしては下の下やな」

欣也が舌打ちをしたとき、卯之助の料理が運ばれてきた。器の蓋を取ると、海老と小松菜を茹でたものに熱い葛餡のようなものがたっぷりかけられ、口どりとして胡椒が添えてある。皆の目が輝いた。

「ほほう……これはこれは」

「美味そうや」

「ごてごてしてないのがええなあ」

「いや、食うてみんと味はわからんで」

口々に言いながら皆はその料理を食べた。

「うーむ……美味い」

「ええ海老使うとるし、小松菜の茹で加減もちょうどええ塩梅や」

「それに、この餡……ただの葛餡やないな」

「旨味の塊のようだ。啜ったら口のなかを全部塗りつぶすぐらいものすごい旨味が押し寄せてくる」

「海老がぷりぷり、小松菜がしゃきしゃき、それに胡椒がひりひり……なんとも言えんなあ」

「なにか秘訣がありそうやな。――板前さん、きいても教えてはくれんやろけど……」

　控えていた卯之助は「春暦」の主のほうを向いて、

「言うてもかましまへんか」

「ああ、おまえさえよければ」

　卯之助は皆に向き直り、

「上等の昆布を水に浸けて、二日間置きます。それを二日間かけて煮ますのや。けど、ぐつぐつ沸かしてしもたら下品な味が出ますさかい、ちょろちょろの火加減のまま二日間炊かなあきまへんのや。それを濾したあと、さっと煮だした出汁と合わせました。そうすることで香りが立ちます」

与力が、

「もしやおまえは、二日間ずっと出汁の火加減を見ながら、出汁の側につききりだったのではないか？」

「そうだす。せやから眠うて眠うて……」

「勝負のためとはいえそこまでするとは、弟子にでもやらせておけばよいではないか」

「この料理は出汁が命だす。他人任せにはできまへん」

審判役たちは協議に入った。そのとき喜左衛門が仲居のひとりにこっそりと、

「わてにも今の海老の料理、ひと椀持ってきてくれ。皆さんの話を聞いてると食べとうなってきた」

しばらくしてその仲居が持ってきた卯之助の料理を「春暦」の主は美味そうに食べはじめた。またたくうちに食べ終え、

「美味いやないか。うちの看板料理になりそうや。――ほな、皆さん、そろそろ票を入れてもらいまひょか」

すると、「茶悦堂」の主が顔をしかめ、

「すんまへん。ちょっとだけ待ってもらえまへんか。お手水に行きたいんだす」

「ああ、かましまへんで」

すると、佐川屋の主も、

「わてもなんや、腹がしくしくと痛んできた。厠を拝借させてもらいます」

ふたりは席を立ち、急ぎ足で座敷を出ていった。しかし、まるで戻ってこない。船手奉行付き与力も立ち上がり、

「うーむ、もう我慢ならぬ。わしも厠に行ってまいる」

喜左衛門は与力に、

「待ってくなはれ。一階にはふたつしか厠がおまへんさかい、二階の厠へ……だれぞご案内申せ」

そのとき、市川佐渡右衛門が蒼ざめた顔で、

「私も行きたい」

喜左衛門が、

「二階の厠はひとつだけだす。しばらくお待ちを……」

「いや、もう猶予ならん。私に先に使わせてくだされ」

与力はかぶりを振り、

「わしが先だ」

ふたりは争うように廊下に出ていった。卯之助が、

「これは……どういうことだすやろ」

喜左衛門が、

「わからん。わからんけど……わても腹具合がおかしゅうなってきたわ」

「――えっ？」

「わては奥の厠に入るさかい、だれも使うたらあかんぞ」

そう言うと座敷を走り出た。残ったのは卯之助と欣也である。

「卯之助どん、あんたの海老が腐ってたんじゃねえのか」

「そんなアホな……とれとれの車海老やで！」

かなりの時間が経過したあと、五人は戻ってきた。皆、げっそりと頰がこけている。

「えらい目に遭うた……」

「一生はばかりから出られへんかと思うた」

喜左衛門は卯之助に詰め寄り、

「おい、どういうことや！」

「どういうことて……」

「海老か小松菜か葛餡かはわからんが、おまえの料理の材料が傷んでたのや」

「そんな……海老も野菜もわてがこの目で吟味して買うてきたもんだっせ」

「欣也の料理のせいやないことだけはたしかや。わては、おまえの料理しか食べてないからな」

卯之助は絶句した。欣也が畳みかけるように、

「美味え、まずい以前の話や。腹下すような料理は『勝ち』にはならねえよなあ」

審判役たちもうなずき、

「そのとおりや。——『春暦』さん、わては欣也さんに一票入れさせてもらいまっさ」

「わしもだ」

「私も……」

四人の票は当然のように欣也に集まった。喜左衛門は腕組みをして、

「高名な食通の皆さんにご足労いただいたというのに、わての顔に泥を塗りよったな。どうするつもりや、卯之助」

「これはなにかのまちがいだす。一度、料理を検(あらた)めさせとくなはれ」

「そんなことせんでもええ。うちの料理を食べたもんが皆腹下した、てなことが世間に知れたら、暖簾(のれん)に傷がつく。料理はすぐにほかしてしまえ」

欣也が鼻で笑って、

「どうやらおいらの勝ちのようで……旦那(だんな)、それじゃあよろしくお願(ねが)えします」

「ああ、約束やからな。今日からおまえが花板や。しっかりやっとくれ」

「へえ！」

欣也は破顔した。

こうして卯之助の敗北で料理勝負の幕が下りた。卯之助は帰宅したあと、一部始終をまだ小さかったひとり娘の千夏に話した。

「おとんが悪いん？」

千夏がきくと、

「おとんはなにもしてない……と思う。海老(えび)も生きてたやつやったし、野菜も取り立てやった。もちろん昆布も酒も醬油(しょうゆ)も塩も胡椒(こしょう)も吟味したもんやった。当たるはずがないのやが……」

「これからどうなるの？」

「もうあの店にはおれん。というて、あんなことしてしもたわてを雇うてくれる料理屋はないやろ。江戸にでも行くか、それとも……」

「それとも……？」

「あははは……おまえは心配せんでええ。おとんな、もっぺん旦那に会うてくるわ。ちゃんと話ししたらわかってくれはると思う」

千夏はなんだか嫌な予感がしたが、そのまま父親を送り出した。そして……。

「おとんは帰ってきた……」

卯之助は戸板に乗せられて帰ってきた。腹には包丁が突き立っていたらしい。すでに息はなかった。戸板に付き添っていた「春暦」の主は泣きながら、

「店の裏手で悲鳴がしたさかいに行ってみたら、卯之助が血ぃ流して倒れてた。見つけたのはうちの仲居頭のお袖や。たぶん店に迷惑をかけたことと、花板としての誇りを傷つけられたことで、血迷ったのやろなあ」

「おとんは旦さんともっぺん話ししたい、て言うて出ていったんですけど……」

「いや、わてとこには来んかったで。二番手に下がっても、また今度欣也と勝負し

て勝てば元通りやのに早まったことしよった。——おまえもこれからたいへんやろうけど、うちで下女として雇たるさかいな……」

「いや……けっこうです」

千夏はきっぱりと言った。

「なんでや？」

千夏は答えなかったが、欣也のいるところで働きたくはなかったのだ。涙は出なかった。唇を嚙みながら、ただこれからどうするか、だけを必死で考えていた。

◇

「それから二年……あちこちの料理屋とか居酒屋、煮売りの立ち飲み屋なんかで働かせてもろて、おとんに教えてもろた料理をちょっとずつ自分のものにしていったんや。お金も貯めて、これで『百珍屋』が開ける、おとんとの約束が果たせる、て思たのが去年やった……」

「欣也に、父を殺したことを白状してほしい、と言うておったな。あれはどういうことだ」

「おとんはうちに、心配せんでもええ、旦那と話し合うてくる、て言うとったのに、旦さんは『来てない』て言うとった。うちのことほったらかして、ひとりで死ぬようなおとんやなかった。うちは、欣也に殺されたんやと思う」

「なにか証拠はあるのか」

「——ない。ないから、料理勝負することにしたんや」

「そうか……。町奉行所からだれか役人が来たか？」

「だれも来んかった。自害した、ゆうことで終わったみたいや」

「町奉行所に訴えても証拠がなかったらお取り上げにはならぬだろうな。で、欣也を花板に据えた『春暦』はそのあとどうなったのだ」

「それが……料理勝負に四番手が番狂わせで花板に勝った、ゆうのが評判になったのや」

「まさか、読売か」

「そのまさかやねん」

捨て蜂のお蜂が、

「どうせ欣也が瓦版屋に勝敗がどうなったかを教えたにちがいないよ！　そうに決まってる」

「うちもそうやと思う。読売には、負けた花板が悔しさのあまり包丁で腹を切った、とまで書いてあったのや。そうしたら『花板を負かすような料理人、どんな料理を作るのやろ』ゆうて、大坂中から食道楽が『春暦』に押しかけてきて、『江戸前の料理もなかなかええもんやないか』『これまでは薄味のほうが美味しいと思てたけどなあ』と満足して帰る。えらい儲かったらしいわ……」

「春暦」の主喜左衛門も金の顔を見たらそれまでの考えを変え、欣也に頼るようになった。それをよいことに、欣也は給金を次第に吊り上げていき、しまいにはたいへんな高給取りになった。しかし、「春暦」は欣也の評判で持っているような店になってしまったので、喜左衛門も言いなりになるしかなかった。

「それを今度、あの毘沙門屋卜六郎が引き抜いた、というわけか。つまりは『春暦』以上の金を払う、ということだな」

恋金丹のひょろ吉が、

「腹立つなあ。親方、なんとかならんのだすか」

「ならぬ。だから、千夏、おまえは今度の勝負にはかならず勝たねばならぬ」

「わかってる。わかってるけど……」

「どうした」

「急に自信なくなってきた」

「なぜだ。さっきまであれほど自信たっぷりだったではないか」

「おっちゃんらの長屋が賭かってる、と思たら、ちょっと怖なってきたんや」

「長屋のことは気にするな。おまえは料理のことだけを考えろ。でないと負けるぞ」

「はいっ」

梅王丸にじっと見つめられてそう言われ、
千夏がうなずいたとき、家の外からこどものものと思われる、

「ぎゃーっ」

という悲鳴が聞こえてきた。梅王丸が表に出ると、千夏と同い年ぐらいの、お仕着せを着て前垂れをつけた丁稚が牛小屋のまえでひっくり返っていた。

「どうしたのだ」

「うへえ……牛に頭、かぶられた！」

「どれどれ、見せてみよ。——なめられただけではないか」

「急に顔出して、わての頭に口つけよったんや！」

「すまんな。わしが飼うておる牛だ」

丁稚は手ぬぐいで頭を拭くと、

「あのー、わて、毘沙門屋卜六郎かたから参じましたもんだすけど、ここに兜小路梅王丸ゆうけったいな名前のひとがいてる、て聞いてきましたんやが……もしかしてあんたが梅王丸さん？」

「そのとおり、わしが梅王丸だ」

「ああ、やっぱり」

「なぜわかった」

「わてがまえにお店一統の芝居行きに連れてってもろたとき、『車引』の狂言がかかってて、ものすごい身体の大きゅうて、赤い派手な衣装着て、化けもんみたいな隈取りした荒事師のおっさんが出てきましたんや。刀をいっぺんに三本も差してますのやで。番頭はんにきいたら、あれが梅王丸や、て言うてました。おっさん、あの化けもんによう似てますわ」

「やかましい。——なんの用だ」

丁稚は急に四角い口調になり、

「うちの主からのことづてだす。勝負のだんどりの案をこしらえたので、目を通していただいて、これでええかどうか返事をしてほしい、委細はこのなかだす……ああ、言えた」

そう言うと、一通の書状を梅王丸に手渡した。

「うむ、すぐに返事するゆえ、そこで待っておれ」

梅王丸は家に入りながら書状を広げた。そこにはまず、つぎのように書かれていた。

れうり戦之次第

東かた　板前　欣也

西かた　板前見習い　ちか

そして、開催日時（八月十五日の暮れ六つ）、開催場所（九軒町毘沙門屋二階座敷）が記されたあと、勝負内容として「玉子料理ひとしな、ひと皿にて盛り付けるべし」とあった。毘沙門屋で用意する六寸（約十八センチ）ほどの幅の皿に盛りつけられるならばなんでもよい、ということらしい。当日の朝から、毘沙門屋の台所（二カ所ある）で料理を開始し、暮れ六つまでに完成させればよい、とのことだ。

審判役は、歌舞伎役者の市川佐渡右衛門、京の連歌師村口由鳳、廻船問屋入船屋主藤兵衛、大坂蔵奉行土井正太郎の四人に頼むつもりだ、という。いずれも名高い食通である。そして、西方が勝ったら欣也は千夏の父の死に関して町奉行所の再吟味を受け、東方が勝ったら聖徳長屋の沽券状を毘沙門屋に渡す、という決めごとも明記されていた。

梅王丸はその書状を千夏に見せ、

「どう思う」

「見習い、ゆうのがちょっとひっかかるけど、かまへんで。うち、玉子料理、得意やもん」

「そうか。では、おまえは今から勝負の日までに料理の工夫をしろ」

「わかった。今から家に帰って美味しそうな玉子料理考えるわ」

「うむ……日に一度は顔を見せにこいよ」

千夏は朸を担ぎ、潑剌とした表情で帰っていった。梅王丸は丁稚に向き直り、

「毘沙門屋の主に伝えよ。この中身で承知した、とな」

「へえ。ほな、わてはこれで失礼しまっさ」

丁稚は行きかけたが、振り向くと、梅王丸をしげしげと見て、

「おっさん、ほんまに梅王丸さん？」

「そうだ」

「なるほどなあ。それで牛飼うとるんやな」

丁稚はそう言うと長屋を出ていった。梅王丸は苦笑した。「菅原伝授手習鑑」に登場する松王丸、梅王丸、桜丸は牛飼いとしてそれぞれの主人に仕えている。丁稚はそのことを言ったのだ。

「さて、と……これからどうするか、だが」

梅王丸は一同の顔を見渡した。とっこい屋の重松が、

「あの千夏ゆう子には絶対勝ってもらわなきゃならねえ……。でねえと、俺たちゃ住むところがなくなるぜ」

千社札貼ったる屋の鳥助が、

「料理勝負やなんて、親方もえらい約束してくれたもんや」

梅王丸が、

「心配するな。あの子は勝つ」

鳥助は、

「親方はそう言わはるけど、わてら、あの子の料理食べてないさかいなあ。それに、

勝負は時の運だっせ。なんぼ美味しい料理作っても、それを食べてぽんぽん痛うなったらなんにもならん」

梅王丸が、

「そのことだ。――ひょろ吉、おまえはどう思う」

恋金丹のひょろ吉が、

「たぶん……下剤だっしゃろな。大黄かなにかを振りかけたのやないかと思います」

ひょろ吉は怪しげな惚れ薬などを作るのが仕事だが、じつは医学や薬、それに毒などの知識も豊富である。

「生きのよい材料を使って全員が腹を下す、というのはそうとしか考えられぬが、大黄だとしたら多少は味が変わるはずだ。食べたものが気づかぬというのもおかしくないか」

「さっきの話やと、胡椒をかなりたくさん入れてあったそうだすな。胡椒の辛みでわからんかったのかもしれまへん」

捨て蜂のお蜂が、

「だれが入れたんだろうねえ。欣也は座敷にいるんだから、ほかのものってことになるけど……料理を運んできたやつが怪しいんじゃないかい？」

「疑いをかけるのはたやすいが、証拠はない」

ひょろ吉が、

「そうだすなあ、道修町の薬種問屋から素人が買うことはでけへんさかい、医者から わけてもろたんやないかなあ」

薬種問屋は各地から薬種を買い付けるが、その時点ではまだ「薬」ではなく、薬の材料である。それを庶民が服用できる形にするのは医者や薬屋だ。薬研(やげん)という道具で各種の薬種を少しずつすり潰(つぶ)し、混ぜ合わせて、「薬」の状態にするのだが、その調合がすなわち「医者の匙(さじ)加減」なので、素人には不可能だ。また、薬種が薬種問屋から医者や薬屋の手に渡るには道修町独特の複雑な流通の規則があり、一般のものが「薬」の形で入手するには医者や薬屋から購入するしかなかったのである。

「そのときの受け取りとかが残ってたら証拠になるかも……」

お蜂が言うと、ひょろ吉が、

「二年まえのことやろ。そんなもん置いてるかいな」

「それもそうだねえ……」

梅王丸は千社札貼ったる屋の鳥助に、

「鳥助、探りを入れてくれるか」

「どのあたりに……？」

「『春暦』での料理勝負のとき、料理に下剤をかけることができたものがいたはずだ。そやつを洗ってくれ」

「よろしゅおます。どうせ今日は商いに出そびれて暇だすさかいな」

鳥助は、杉の木の梢や武家屋敷の天井裏、商家の蔵のなかなどに千社札を貼ってくるのを仕事にしているが、もとは盗人である。少しまえに足を洗い、今は堅気だが、梅王丸に頼まれてときどきかつての腕を発揮することがある。

「あとは、千夏が『これは』という料理を思いついてくれることを祈るのみだが……」

梅王丸がそう言ったとき、どこからともなくドーン、ドーン……という重たい響きが聞こえてきた。そのたびに地面が揺れる。

「な、なんじゃ、地震か？」

玉太夫が言った。お蜂も床に手をついて身体を支え、

「地面のなかで鐘を撞いてるみたいな音だねっ」

梅王丸が立ち上がり、

「これは……普請だ！」

そう叫ぶと外に駆け出した。そのまま猪のような勢いで路地を突っ走り、聖徳長屋を抜ける。ますます音と振動は高まってきた。見ると、大勢の人足がそこにあるべつの長屋の建物に綱をかけて引き倒そうとしている。そのかたわらでは、巨大な槌を持ったものたちが、杭を地面に打ち込んでいる。それが、音と揺れの原因だったのだ。

「えーんやこーら」

「どっこいせー」

「えーんやこーら」

「どっこいせー」

掛け声に合わせて半裸の男たちが綱をぎりぎりと引く。古い長屋は次第に傾き、ついには倒壊しはじめた。壁が割れ、屋根瓦が落ち、漆喰が剝がれていく。あとから追いついたお蜂と重松も呆然としている。

「なにをしておる！」

普請を仕切っていた男を梅王丸は怒鳴りつけた。突然、雲突くような巨漢に間近で怒声を浴びせられた男は、震えながら、

「な、なに、て……家を取り壊してまんのや」

「これは、新・新町を作るための普請だろう。うちの長屋は売ってはおらぬのだから、普請はまだはじめられぬはずだ」

「ああ、そのことだすか。あんたとこの長屋はまだかもしれまへんけど、そこからこっち側の土地は新町五曲輪が買い上げてあるさかい、このあたりの長屋は壊してしまえ、ということになりまして……」

「そんな話は聞いとらん！　勝手なことをするな！」

「わては指図通りにしとるだけだす。文句があるんやなら、うちの親方に言うとくなはれ」

「施主はだれだ」

「毘沙門屋さんと相模屋さんやと聞いとります。すんまへんけどそこに立ってられると邪魔だすねん。どいとくなはれ」

「そうはいかん。新・新町の建設はお上が認めてはおらぬはず。なしくずしに普請をはじめるなど許されぬ！」

「けど、ここはもう毘沙門屋さんの土地だすさかい、あんたにどうこう言う権限はおまへんやろ」

「うるさい！　つべこべ言わず普請を止めろ」

「いやー、そう言われても……」

「ならば……こうしてやる！」

梅王丸は、杭打ちをしている男たちを払いのけると、杭のひとつを両手でつかみ、地面からぐい、と引き抜いた。とんでもない馬鹿力である。

「あっ！　あっ！　あんた、せっかく苦労して打った杭をなにしまんのや！」

梅王丸は、つぎつぎと杭を引き抜きながら、群がってくる人足たちを蹴散らし、彼らに杭を投げつけ、長屋に掛けられた綱を引きちぎり、竹矢来を蹴倒した。大暴れである。

「あたいたちも負けちゃいられないよ」

「よしきた」

お蜂と重松も騒動のなかに飛び込んで、葭簀囲いを引き倒し、釘を地面にばら撒いた。

「なにすんのや！」

人足たちとやり合っていると、羽織袴姿の侍が近づいてきた。額が張り出し、目と鼻がその下にぎゅっとまとまっている。十手を持っているところからして、町奉行所の役人だろう。ふたりの小者が後ろに従っている。

「そこのもの、なにを申しておる」

耳障りな甲高い声だ。梅王丸は傲然（ごうぜん）として、

「お上の許しのない普請を止めておる。新・新町を作るには、わしの長屋の土地が必要だ。しかし、そこは売るつもりがないのだから、ほかの土地の普請もはじめられぬはずではないか」

「ほほう……おまえが聖徳長屋の家守か。毘沙門屋が先ほど、沽券（こけん）状を賭（か）けた料理勝負をすることになった、どうせ勝つに決まった勝負なので、ほかの場所の工事を先にはじめてしまってもよいか、と申してまいったゆえ、この西町奉行所与力金埜（こんの）茂左衛門（もざえもん）が認可したのだ。新町一帯の繁栄のため、一刻も早（はよ）う普請をしたい……という毘沙門屋の気持ちに応（こた）えたまでのこと。邪魔だてすると縄をかけるぞ」

「かけられるものならかけてみよ」

「ふん……お上に楯（たて）突くとどうなるか思い知るがよい。——それっ」

与力金埜が合図をしたので、小者ふたりが取り縄を手に飛びかかってきた。はじめのうち梅王丸は軽くいなしていたが、次第に面倒になってきたので、取り縄の端を摑（つか）み、ぶんぶんと振り回した。小者たちは、取り縄を放すまじ、と必死でしがみ

ついている。梅王丸が頃合いをみて手を放すと、ふたりは反動で吹っ飛んだ。

「小癪なやつめ」

金埜が刀の柄に手を掛けた。

「町中で白刃を抜くつもりか？」

「これは暴れものの取り締まり、つまり、お上の御用だ。やむをえぬ」

そう言うと金埜はいきなり抜き打ちに斬りつけてきた。梅王丸は飛び下がり、そこにあった大槌を摑んで振り上げた。お蜂と重松はあわててふたりと距離を置いた。

「喧嘩や、喧嘩や！」

「喧嘩だっせえ！　役人と南蛮兜の親方の斬り合いや！」

野次馬たちが大声で叫び、大勢が集まってきた。

「お待ちあれ！」

凜とした声がかかった。金埜と梅王丸は同時にその声の主を見た。黒の着流しを着て、十手を帯に手挟んだ若い武士である。二十歳を過ぎたところだろうが、おそらく町奉行所の同心と思われた。きりりとした目もとで金埜を睨み据えている。その後ろには金埜と同じく黒い羽織に袴をつけた、与力らしい武士がふたりを見つめていた。四、五人の手下を連れているので、町廻りの途中だと思われた。同心は金

梺に向かって、

「金梺さま、白昼、ひとなかで刀を抜くとはおだやかならず。なにがあったのです？」

金梺は苦々しい顔で、

「天児か。貴様の出る幕ではない。すっこんでおれ」

「そうは参りませぬ。たとえ捕りものだとしても、町人に向かって抜刀するとは見過ごせませぬ」

「この男が役人に手向かいいたしたので取り押さえているところだ。なんらやましいことはない」

天児と呼ばれた同心の後ろから、与力らしい侍が梅王丸に、

「その方、今の金梺の言はまことか？」

「あなたさまは……？」

「これは失敬した。わしは西町奉行所定町廻り与力、米倉八兵衛と申すもの。これなるは配下の同心天児六郎太。大勢が騒ぐ声が聞こえたので駆け付けたのだ」

「わしはこの近くの長屋の家守をしている兜小路梅王丸。この連中がお上の許しを得ぬ普請をはじめようとしていたのでやめさせようとしたら、この役人が刀を抜い

たのだ」

「なるほど。このあたり一帯を買い上げて、新町を拡充しようという願い出が毘沙門屋なる揚屋の主から出されていることはわしも存じておるが、土地の買い上げはまだ終わっておらぬゆえ、新町拡充の認可自体が下されていないはず。だれが普請を許可したというのだ」

金埜が、

「買い上げられていない土地はわずかばかり。この男の長屋だけでござる。毘沙門屋は来年早々にも新・新町を立ち上げたいと申しております。工事も遅れておるゆえ、すでに買い上げられたところだけでも前倒しで普請をはじめても許されよう……とそれがしの一存で……」

「黙れ。まだ本決まりではない新町拡充にお上がお墨付きを与えたがごとき振る舞いが許されると思うか。新町は公認の廓ゆえ、移転や拡充には公儀の許可が必要だ。町奉行、大坂城代連名でご老中にお伺いをたてねばならぬ大事、一介の与力が認可できるようなことではない。ましてや新しいお頭は本日着任したばかりだ。お頭がどうお考えか、それをまずうかがわねばならぬ」

「しかし、それでは毘沙門屋が……」

「たわけ！　おまえはお頭に仕えておるのか、毘沙門屋に仕えておるのか、どっちだ」

「…………」

「疾く去れ。このことについてはわしからお頭に申し伝えておく。——よいな」

「かしこまりました」

金埜は露骨な舌打ちを聞かせると、ふたりの小者に、

「おい、行くぞ」

そう言って立ち去った。梅王丸は米倉と天児に頭を下げ、

「おかげで助かった。かたじけのうござる」

米倉が、

「その方が梅王丸か。じつは、この界隈で貧窮しておるものたちのために長屋を守っている、と聞いて、うれしく思うていたところだ。これからも弱きものたちのためにがんばってもらいたい」

「わしは身体を張っている。だが、町奉行所はなにをしてくれるのだ」

「町奉行所は……なにもできぬ」

「なに？」

「米倉八兵衛個人としては援助を惜しまぬつもりだが、町奉行所は老中の支配下にある。もし、老中が新・新町の建設を認可したら、我々はその方針に従って動かねばならぬ」

「わしが土地を売らぬ、と申してもか？」

「この国の土地は本来、上さまのもの。皆はそれを一時（いっとき）貸し与えられているだけだ。大名でも、公儀から国替えを命じられたら、先祖伝来の土地も上さまにお返しし、よその土地に移らねばならぬのだ」

「――わかった。また、会おう」

梅王丸は米倉と天児に背を向けると、その場を去った。重松もそれに続こうとしたが、お蜂が同心のほうをぼんやりと見つめているので、

「おい、行くぜ」

「…………」

「聞こえねえのか」

「あの同心の旦那（だんな）……」

「あいつがどうかしたのか」

「いーい男だねえ……」

重松はずっこけた。

◇

懐手をした鳥助は天王寺にある料理屋「春暦」のまえを行ったり来たりしながら様子をうかがっていた。なかから仲居らしき若い女がひとり、水を撒きに出てきたのをつかまえて、

「姐さん、この店は長いんか？」

女は不審げに重松を見ると、

「あんた、だれや」

「怪しいもんやないで。わては千社札貼ったる屋の鳥助ゆうもんや」

「十分怪しいがな」

「姐さんにちょっとたずねたいことがあるのや」

「わて、忙しい。水撒きのあとは掃除に洗濯に……」

「手間はとらさん。——よかったら、これ、食べてんか」

鳥助は近くで買った焼き芋を差し出した。女は相好を崩し、

「あははは……わての大好物、なんで知ってるのん？」

「そんなことより、姐さんはいつからこの店で働いてるんや」

「一年ほどまえからや」

「えっ、一年まえ……？　焼き芋返してもらおかしらん」

「なんか言うた？」

「いや、なにも。──姐さんが来るまえに、料理勝負があった、て聞いてるんやけどな」

「あー、わても聞いてるわ。欣也さんに負けた花板さんが包丁で腹切ったらしいなあ。なにも死なんでもええのに」

「そのときのこと、よう知ってる女子衆はいてへんか？」

「あんた……まさか十手持ちやないやろな」

「ちがうちがう。千社札屋や、て言うたやろ。その、腹切った花板の知り合いの知り合いの知り合いやねん」

「さよか。まあ、せっかくお芋もろた義理もあるさかい教えたげるけどな、わてが言うたことは内緒にしといてや。そのときの勝負を仕切ってたのは、たぶん、仲居頭やったお袖さんや」

「お袖……？」

どこかで聞いた名前である。

(卯之助が血を流して倒れていたのを見つけて悲鳴を上げたのが、たしかお袖……)

これはなにかあるかもしれない。

「そのお袖さんは今も働いてはるのか?」

「いーや、去年辞めはって、生玉さんの近所にある「白鷺楼」ていう料理茶屋に勤めてはるらしいわ」

鳥助は女に礼を言って「春暦」を離れ、その足で生玉神社に向かった。袖が勤めているという料理茶屋はすぐに見つかった。店まえを箒で掃いていた下働きの老爺にわずかばかりの小遣い銭を渡し、

「お袖ゆう女が働いてるやろ。呼んできてくれへんか」

「あんたは?」

千社札貼ったる屋……と言いかけて、やめた。

「わてはなあ……宗右衛門町の鳥助ゆうもんや。『春暦』の料理勝負の件、て言うたらわかるはずや」

そう言いながら、胸のあたりを十手が入っているかのように叩く。

「え？　ほな、お上の御用……」

「さあ、どやろな。おまはんは黙ってお袖に取り次いだらええのや」

少しカマをかけてみた。袖がどんな反応をするのかが知りたかったのである。しばらくすると背の高い年増女が落ち着かぬ様子で表に出てきた。

「お袖さんやな」

鳥助が言うと、女は鳥助を食いつくような目で見つめ、

「知りまへん……あてはなんにも知らんのだす」

「まだ、なんもきいてへん。——料理勝負のとき、あんた、欣也になにか頼まれへんかったか」

「あてはただ……料理を台所から座敷まで運んだだけでおます。ほかの子も一緒だした。なんであてだけがほじくり返されなあきまへんの？」

「なにをやったか正直に言うたら、お咎めはない」

「知らん知らん知らん。あては知りまへん」

「卯之助の死骸を見つけたのもあんたやそうやな」

袖の顔から血の気が引いたのが鳥助にもわかった。

「…………」

「どやねん。正直に答えんかい」

「勝負のあとにたまたま店の裏に出たら、卯之さんが血だらけで倒れてましたんや。あてが悲鳴を上げたら、旦さんが来てくれました。あとのことはわかりまへん」

「あんたが卯之助の腹を包丁でえぐったのやないやろな」

「そ、そんなおっとろしいことようしません」

「そうか。そやろな。あんたみたいに心根の優しそうなもんに疑いかけて悪かったわ」

「あ、いや……その……」

「ほな、わては去ぬわ。手間取らしてすまなんだ」

そう言って行きかけたとき、袖の顔が安堵で緩んだのを見定めたうえで急に振り返り、

「そや。——あんた、料理勝負のとき、大黄を台所で見かけんかったか？」

袖は真っ青になってかぶりを振った。

「じつはあのとき、卯之助の作った料理を食べたもんが皆、腹を下した、て聞いたんでな、もしかしたらだれかが下し薬を料理に混ぜたんとちがうか……て思たのや」

「知りまへん。皆さんがお腹を壊したのは、卯之さんの使た海老が腐ってたからや、て聞きました」

「ほな、わての思い違いかいな。邪魔したな」

鳥助は手応えを感じてその場を離れた。そのあと店の裏口に回り、筆屋の看板の陰に隠れて、様子をうかがう。

(あれだけ揺すぶったら、かならずなんぞしでかしよる……)

そういう確信があった。しかし、袖は出てこない。

(見込み違いか……?)

鳥助はしつこい性格である。その日から毎日、店への張り込みを続けた。するとはたせるかな、五日目の夕方、裏木戸が開き、おどおどした様子の袖が現れた。だれにも見られていないか慎重に確かめたあと、早足で歩き出した。鳥助は、気づかれぬようにあとをつけた。

◇

千夏は、貯めてあった金をありったけ使って、玉子を大量に買ってきた。玉子は高額である。一個二十文……屋台の素うどんが十六文だから、それよりも高いこと

になる。しかし、もし今度の料理勝負で自分が負けたら、大勢が路頭に迷うことを思うと、

（絶対勝たなあかん……）

そういう重圧がのしかかってくる。千夏はどんどん不安になっていった。

（どういう料理やったら「勝てる」やろか？）

これまでも料理の工夫をするたびに苦心はしていたが、勝つための料理など作ったことは一度もない。

（おとんもこんな気分やったんやろか……）

とりあえず父親が残した多数の料理本のなかから『万宝料理秘密箱』という本を取り出し、ぱらぱらとめくる。全部で百種類以上の玉子料理の作りかたが載っている。そのなかで一番美味しそうだと思われた「玉子なます」というのを作って食べてみた。ゆで玉子を作り、白身を乱れ切りに、黄身は細かく潰す。べつの玉子で薄焼き玉子を作り、細切りにする。それらを合わせて、少量の大根おろしを入れて混ぜ、煎り酒と生姜の汁で味付けをする。さっぱりしているが、物足りなくはない。大根おろしのしゃくしゃくとした歯触りもよい。

（美味しい……）

美味しいことは美味しいが、これでは勝負には勝てないだろうということもわかった。審判役の四人は大食通である。料理書に載っているような料理はとうに口にしているはずだ。ほかにもいくつか試してみたが、どれも「勝てる」料理ではなさそうだ。

（なにかみんなの度肝抜くようなびっくり料理を工夫せな……）

千夏の戦いがはじまった。

「待て待て、どこへ行く」

西町奉行所の門のまえで梅王丸は、棒を持ったふたりの門番にとがめられた。

「町奉行新見伊賀守殿に面会に来た。通してくれい」

「名を名乗れ」

「立売堀南裏町聖徳長屋の兜小路梅王丸だ」

門番は、今日の訪問者名を列記した紙を見直したあと、

「我々は聞いておらぬが、本日、お奉行と面会の約定はあるのか」

「ない」

「それでは通すわけにはいかぬ」

「約定はないが、四、五日したら訪ねてこい、と新見のほうから言うたのだ」

「これこれ！　お奉行を新見などと呼び捨てにするとは無礼な……」

「新見ゆえ新見と呼んでおる。このまま会うてから今日は五日目。だから、やってきた。――通さぬとおまえたちがあとで叱られるぞ。新見の用人に取り次いでまいれ」

「そうはいかぬ。お奉行に会いたくば、町役と五人組を通して書状をもって面会を申し入れ、いついつならば対面してもよい、という許しを得てからにせい。まあ、半年さきになるか一年さきか二年さきかはわからんがな。とにかくおまえのような不逞の輩をなかに入れぬのがわれらの役目だ。帰れ帰れ」

「わからんやつだな」

「おまえのほうがわからん」

押し問答を繰り返していると、

「梅王丸殿ではござらぬか」

そう声がかかった。見ると、天児という同心だ。

「おお、さきほどの……」

「町奉行所にご用事ですか」

「新見は江戸の剣術道場の同門でな、先日道でばったり会うたときに、四、五日したら訪ねてこい、と言うたので来てやったのだが、この門番がわしを信用せず、門前払いを食らわそうとしておるのだ」

天児は門番に、

「ご用人に取り次いだほうがよかろう。あとでお頭に叱られても知らぬぞ」

「お奉行のお知り合いでしたか。これは失礼を……」

「早(はよ)う行け」

門番のひとりがあわてて飛んでいった。天児は梅王丸に、

「あなたがお頭の知己だったとは、世の中狭いものですね」

「鏑木一之進先生の道場で、ともに汗を流した間柄だ。わしは免許を得たが、あいつはいつまでたっても腕が上がらず、先生も困って、最後には目録を与えたようだ。うはははは……」

大言壮語なのかまことのことなのか、天児が判断しかねているところに門番が戻ってきて、

「奥にお通りくだされませ」

言葉遣いが変わっている。

「よいのか」

「もちろんでございます。ご用人さまが、すぐにお通しせよ、とおっしゃられまして……ささ、ずいっとなかにお入りを……」

梅王丸はのっしのっしと奉行所の門をくぐり、玄関に向かった。若侍の案内で町奉行の役宅の廊下を進む。

「こちらにてしばらくお待ちくだされ」

一室に通される。広い座敷で落ち着かない。女中が茶と菓子を運んできた。女中が行ってしまうと、梅王丸は十個ほど菓子鉢に盛られた最中（もなか）らしき菓子を全部ふところに入れてしまった。茶を啜（すす）っていると、

「待たせちまったな」

新見伊賀守が入ってきた。どっかりと座布団に座ると、

「世間話に来たのか」

「そうではない。おまえに折り入って頼みがあるのだ」

「ほう……おめえがひとに頼みたあ珍しいな。おめえにゃ江戸にいた頃いろいろ助けてもらった恩義があるから、できれば聞いてやりてえが、俺にもできることとで

きねえことがある。――なんだ？」

梅王丸は、自分が今家守をしている十棟ほどの棟割長屋を、新町五曲輪年寄の毘沙門屋たちが買い上げて、新町を倍の規模に広げようとしていることについて話した。

「うーん……俺の赴任早々、厄介なことを持ち込んできやがったな」

「あの長屋がなくなると、大勢の貧乏人たちが住む場所を失う。おまえの力で新・新町の企てを潰してしまえぬか」

新見は腕組みをして天井をにらんでいたが、やがて嘆息すると、

「そいつぁむずかしいな」

「なぜだ。大坂の民の暮らしを守るのが町奉行の務めであろう」

「そりゃあそうだ。でもな、法ってもんがあらあな」

「法、だと……？」

「そうだ。ずばり聞くが、おめえ、沽券状は持ってるのか？」

一瞬の沈黙のあと、梅王丸はかぶりを振って、

「わしは持ってはおらぬ。どこかにあるはずなのだが、そのありかがわからぬのだ」

「長屋の持ち主は、どこにいる」

「ある事情で大坂にはいない。というか、どこにいるのかわしも知らぬのだ。沽券状がどこにあるのか存じておるのはその男だけだ」

「沽券状の現物がねえのは弱いぜ。向こうがなにか言ってきたときに、そいつをパッと見せて、こっちにゃあこれがある……と見得を切ることができらあ。とにかく沽券状を見つけることだな」

「わかっておる。わしもその男が大坂に戻ってくるよう手を尽くしておるところだが、果たしてどこの風に吹かれておるやら……」

「けどよ、法はおめえだけじゃなくて、毘沙門屋たちにも縛りをかける。公の廓の規模を倍にする、てんだから、その許可は俺と東町奉行が連名で出さなきゃならねえし、もちろん大坂城代を通じて江戸のご老中へもお伺いをたてにゃならねえ。東町の高井山城守がどう考えてるかは知らねえが、とにかく俺はその新・新町の企てを許可するつもりはねえ」

「それはありがたい」

「ただ、俺の一存で取り下げる、というわけにゃあいかねえ。申請の中身をよく調べたうえで、東町奉行と合議のうえ、許可すべきか取り下げるべきかを書面にして、ご城代に提出……ということになるだろうな」

「わしは、あやつらが新・新町の企てを既成のこととして、なし崩しにお上に認めさせるのではないか、と心配しておる。今日も、すでに買い上げた土地において勝手に普請をはじめようとしておった。金埜とかいう与力も加担しておるようだ。ここまでやったのだから、今更取り下げの沙汰を下されても困る……という言い分で押し通そうとしておるのだ」

「それは許されぬ」

「西町の与力米倉八兵衛殿と同心天児六郎太殿があいだに入ってくれたおかげでことなきを得たが、いつまた隙を見て普請を再開するかしれぬ」

「あのふたりはしっかりもののようだ」

「それともうひとつ……困ったことが出来した」

「なんだ？」

梅王丸は、千夏という少女のこと、長屋を賭けた料理勝負のことなどを話した。

「そいつぁまずいな。もし、その娘が負けたら長屋を取られちまうんだぜ」

「千夏の料理の腕はたしかだ」

「たとえそうだとしても、勝負にゃあ時の運てえものがある。それに、その子の親父がマジではめられたんだとしたら、今度もその板前、汚え手で勝ちに来るかもしれねえぜ」

「わしもそう思う」

「おめえにとっちゃおんぼろ長屋を守るだけの意味だが、向こうにとっちゃ新町を倍にする企てにつながる大一番だ。千両万両使っても引き合う一件だ。票を金で買う、ぐらいのことは平気でやるだろうぜ」

「不正が起きぬよう町奉行所の力でなんとかできぬか。勝負の成り行きや審判のやり方を見張るとか……」

「馬鹿言うねえ。おめえらが勝手にやってる勝負ごとに関わるほどお上は暇じゃねえや。それに、そもそもおめえはその長屋の持ち主の許しを得てねえのに、負けたら長屋を明け渡すって約束しちまったんだろ？　お咎めを受けるべきはおめえってことになるぜ」

梅王丸は目を倍ほどに見開いて、

「もう頼まぬ！　お上の力を借りようとしたわしがおろかだった。江戸でおまえが魚河岸の若いやつらと大喧嘩になったとき、五十人が押し寄せてきたのを説き伏せて帰らせたのも、色里で遊びが過ぎて親父殿から勘当されそうになったとき、間に入って詫びを入れたのもわしではないか。久しぶりに会うた旧友の頼みをにべもなく断るとは、大坂町奉行などというものは血も涙もないな！」

「はっはっは……血も涙もあるようでは奉行職は務まらねえ。生きた人間を遠島にしたり死罪を申し渡したりせねばならぬ閻魔大王のような職務なんだぜ」

梅王丸はハッとしたような表情になったが、なにも言わなかった。

「俺も、新町の件はこっちに来てから聞かされてはいたが、まさかおめえが関わっているとは思わなかった。せいぜいがんばりな」

梅王丸は憤然として立ち上がった。

「欣さん……欣さん！」

「なんだ、おめえか。ここには来るなって言っただろ」

「五日まえに、宗右衛門町の鳥助とかいう十手持ちらしい男が『白鷺楼』に来て、『春暦』の料理勝負で聞きたいことがある、て言いよったんや」

「な、なんだと？」

「いろんなことを根掘り葉掘りきかれた。料理勝負のとき、大黄を台所で見かけんかったか、とも言われた」

「なにい？」

「卯之さんの料理を食べたもんが腹下したのはだれかが下し薬を混ぜたんやないか、て言うとった。あてはなにも知らん、ゆうて追い返したけど……お店が忙しかったさかい、やっと今日お許しをもろて出てこれたんや。——あのことがバレたんやろか」

「そんなこたああるめえと思うが、とにかくおめえとおいらがつながってるてえことがお上に露見するといろいろまずいんだ。二度と顔を見せないでくれ」

「なに言うとるねん。あんたとあては一蓮托生……いずれは所帯を持つて言うたやないか」

「そんなこと言った覚えはねえぜ」

「な、なんやて……あんた、あてをだましたんか」

「だますもなにも……おいら、新町のでっけえ料理屋の看板におさまる板前だぜ。そうなりゃどんな女でも選び放題だ。たかが料理屋の仲居風情と所帯を持つわきゃあねえだろ」

「わかった。こうなったらお上になにもかもぶちまけたる。あんたもひと殺しの罪で死罪や」

「おめえの言うことなんぞだれが信じるもんかい」

「いや、きっと信じるはずや」

「なんだと？　おい、おめえ、まさかなにか握ってるんじゃねえだろうな。隠すとただじゃおかねえぞ」

「なんにも隠してへん。——痛っ。あんた、あてを叩いたな。あんたみたいな男を信じてたあてがアホやった。卯之さんに申し訳ない……」

「ぎゃんぎゃんうるせえな。俺ぁ大事な勝負を控えた身なんだ。おめえなんぞかまってる暇はねえ。とっとと帰れ。塩を撒くぜ」

「う、うおお……」

「女の涙てえのは別嬪だからさまになるのよ。おめえが泣いたって不細工さが増すだけさ」

そのやりとりを物陰でじっと聞いていた貼ったる屋の鳥助は、

（ひどい野郎やなあ。長屋王の親方に知らせなあかん）

そう思って、つ……とその場を離れた。

◇

玉子料理を作っては食べ作っては食べを繰り返していた千夏だが、ようやくそれなりに「美味しい！」と思えるものにたどりついた。

（こんなことばっかりしてたら肥えてしまうわ……）

千夏はその料理の材料を持って梅王丸の長屋へとやってきた。顔見知りになった長屋のかみさん連中は口々に、

「あんた、久々やないか。なにしとったんや」

「料理勝負するんやてなあ。あても、イワシの塩焼きやったら教たるで」

などと激励してくれるし、例の牛までも千夏の顔を見た途端、

「ブモオオオ……」

と歓迎してくれる。

（なんかここって居心地ええなあ……）

千夏がそう思いながら梅王丸の家のまえに立つと、なかから話し声が聞こえてきた。

「ご当主であらしゃるお兄さまのお加減も悪うおじゃります。どうか、ぼっちゃま、

お家にお帰りくださりませ」

「あれほどわしとお母さまに冷とうした家に帰るつもりはない」

「もし、お兄さまになにかありましたら兜小路家をお継ぎになられるのは梅王さましかおられませぬ。なにとぞ、このくめの頼みをお聞きくだされ」

「何度来ようと同じことだ。わしには今、大坂でやることがある。それを果たすまでは動けぬのだ」

「なにもこのようなむさいところにお住まいにならずともよろしゅうございましょうに。くめは悲しゅうございます」

「わしにとってはここが極楽なのだ。——くめ、おまえに泣かれるのはつらいが、今申したとおりだ。もう来るでないぞ」

「いえ、また参ります。それでは失礼いたします」

「身体に気をつけて過ごせよ」

「梅王さまも……」

出てきたのは人品骨柄のよい老婆であった。千夏と目が合ったので、ぺこりと頭を下げた。千夏があわてて頭を下げ返すと、すーっと風のように歩き去った。千夏が家に入ると、

「おう、来たか」

「今のおばあはだれ？」

「あれは、わしの乳母だ」

「乳母？　おっちゃん、ほんまにお公家さんなんか？」

「嘘だと思うておったか」

「うん」

梅王丸は大笑いした。

「けど、今のひと、おっちゃんに家に帰ってくれ、て言うとったやん。どないするつもり？」

「わしは次男坊ゆえ、兄が家を継いでおる。帰らずともよいのだ」

「ふーん……」

千夏はそれ以上はたずねず、上がり込んで、持ってきたものを土間に置いた。

「よい料理を思いついたか」

「うん、今から作るさかい食べてみて」

「ならば、食いしん坊どもを呼ぼうか」

「そのほうがええ。いろんなひとに聞かんとあかんのや。うちのおとんも、『百人の客がいたら百の舌がある』てよう言うとった」

梅王丸は出ていったがすぐに数人を引き連れて戻ってきた。今日は、皆出払っており、捨て蜂のお蜂とおキツネ憑けの玉太夫しかいなかったようだ。

「こないだは毘沙門屋のせいで食いっぱぐれたわい。今日は食べさせてもらうぞ」

「あたいもさ。おなかぺこぺこなのよ」

千夏は、生姜、ミョウガ、キュウリ、青ネギ、わさびの茎、三つ葉、大根、セリ、沢庵漬け、茹でたレンコン……などを三寸ほどの長さに切りそろえていった。目にもとまらぬほど速く、しかも正確な包丁さばきに、お蜂と玉太夫は見惚れ、感嘆の声を発した。そのあと千夏はたくさんの玉子を溶いていくつかの器に入れ、うどん粉、そば粉、砂糖……などそれぞれ違う材料を加えた。そこに水や酒を足したり、紙で濾したり、泡が立つほど掻き混ぜたりする。そのあと千夏は、戻したカズノコ、干し柿の千切り、ふかした薩摩芋、梨など多彩な材料を並べたあと、大きな土鍋の底にごま油を引いてカンテキに載せた。

「なにするんじゃろ」

玉太夫が言ったのをお蜂が、

「しっ。気が散るから静かに」

千夏は笑って、

「かまへんで。うち、しゃべりながら料理できるさかい」

そう言いながらも手は休んでいない。溶いた玉子を鍋に入れ、薄焼き玉子を作った。どこにも穴も開いていないし、形も完璧な円形だ。それを菜箸でひっくり返し、ひと呼吸置いたあと、まな板に取り、さまざまな具を載せたあと、くるくると巻いて、

「はい、まずはおっちゃんや。熱々のうちに食べてや」

皿に載せ、梅王丸に供した。

「これは梅びしおが合うと思うわ」

「なるほど、おもしろい」

梅王丸は、

「熱っ……」

と言いながら頬張ると息をもつかず一瞬で平らげた。

「どう……？」

千夏は真剣な眼差しで梅王丸を見つめる。

「美味い……！」

「よかったー！　どんどん焼くさかい、どんどん食べてや」

千夏は同じものをお蜂と玉太夫にも出した。

「玉子がふわふわで具がしゃきしゃきの歯ざわりで、そこにごま油のコクが加わって最高」

「最後に梅びしおが口のなかをさっぱりさせてくれるのう」

「こりゃあ酒だね。お酒。こんな美味しいもの、お酒を飲まない手はないよ。親方、酒持ってきて」

お蜂の言葉に梅王丸はかぶりを振り、

「だめだ」

「どうしてさ」

「わしも飲みたいところだが、ぐっとこらえておる。酒を飲むと、たしかに料理の美味さは増すが、なんでも美味く感じるようになる。それでは千夏の料理の評はできぬ」

「えーっ、そりゃつらいけど、そうだね、千夏ちゃんの料理勝負のためだもんね。わかったよ」

「お蜂さん、ごめん」

千夏が玉子を焼きながら謝った。

「なに言ってるんだい。こんな美味しいもの食べさせてもらって天にも昇る気持ちさ。どんどん焼いとくれ」

「はいっ」

千夏は、宣言どおりどんどん焼いた。薄焼き玉子といっても、溶き玉子に加えた材料と焼き加減によって、ふわふわのもの、パリッとしたもの、ふっくらしたもの、もちもちしたもの、とろりとしたものなどいろいろだ。また、チリメンジャコや煎りごま、実山椒、胡椒、唐辛子、鰹の粉、もみ海苔、砕いたクルミ……などの薬味を加える場合もある。漬けだれも、甘味噌、煎り酒、醤油など各種あり、あっさりと塩だけで食べさせるものもあった。甘辛くカリッと焼いた細切りの餅を包んだもののなどは、ご飯代わりにもなりそうだった。

「ああ、お腹いっぱいになったよ。お腹がもうひとつないのが残念さね」

「わしもじゃ。どれも薄焼き玉子に具を包んだだけのようじゃが、じつは一品目から順序立てて献立が考えられている。こってりしたもののあとはあっさり……と飽きないように工夫されておる。たいしたもんじゃ。末恐ろしいわい」

梅王丸が、

「うはははは……。わしが、千夏ならばかならず勝負に勝つ、と言うた意味がわかったであろう」

千夏は照れながら、

「これでしまいです。お茶と一緒に食べてや」

最後に出されたものを食べて、お蜂が目を丸くした。

「なんだい、これ……めちゃくちゃ美味しい」

それは、ふかした薩摩芋、茹で栗(ぐり)などを潰(つぶ)したものに、干し柿や梨の細切りを加え、泡立てた卵白に高価な砂糖を加えたものだった。お蜂が、

「なにこれ！　あたい、好きっ！　蜂蜜(はちみつ)を足してもいいかもねえ」

梅王丸はうなずいて、

「なるほど、甘味だのう。これなら京の公家衆の茶席にも出せよう」

「ほんま？　ほな、この料理で勝負することにするわ！　みんな、ありがとう！」

梅王丸は太い腕を組んで、

「こうなると、料理勝負などどうでもよくなってくるな。これから先、千夏の料理を大勢の町の衆に食べさせるのがわしらの役目のように思えてくる」

「おおきに！」

千夏は頭を下げ、

「ほな、今から勝負の日まで、この料理をもっと美味しくなるように工夫するわ」

「うむ。——これはわずかだが玉子代だ。惜しまず使え」

梅王丸は銭を渡した。

「おおきに。これで玉子がいっぱい買えるわ」

そう言うと、てきぱき片づけをして帰っていった。お蜂が、

「この分やったら絶対千夏ちゃんが勝つと思うわ」

玉太夫が、

「わしもそう思う。生まれてから今までに食べた料理のなかでも十指、いや、五指に入るぐらい美味いもんじゃったわい」

梅王丸は、

「だが、向こうはたぶんあれやこれや汚い手を使ってくるだろう。それを防がねばならぬ」

「どんな手で来るんだろ」

「それがわかれば苦労はない。とにかくわしの役目は、あの子がなんの心配もなくのびのび料理できるようにすることだ」

玉太夫が笑いながら、

「ほっほっほっ……親方、すっかり親代わりだのう」

梅王丸は顔をしかめて、

「そんなものではない。わしは……」

言いかけたとき表から入ってきたのは千社札貼ったる屋の鳥助だ。

「えらいことや。やっぱり欣也と『春暦』の仲居頭だったお袖はつるんでたで」

梅王丸は座り直して、

「思うていたとおりだな」

「へえ、お袖は今、生玉神社の近くにある『白鷺楼』という料理茶屋で仲居をしとります。五日まえに訪ねていって、カマかけて揺さぶったあと、ずーっとヤモリみたいに張りついてたら、案の定、さっき欣也のところに行きよった。欣也は夫婦約束を餌にしてお袖に大黄を入れさせたらしい。あんたはうちをだましたんか、ゆうて えらい痴話喧嘩（げんか）しとりましたわ」

「これで千夏の父親は冤罪（えんざい）だと決まった。さて、これからどうするか、だ」

お蜂が、

「その仲居をお奉行所に連れて行って口書（くちがき）を取らせたら、証拠になるはずだよ」

玉太夫も、

「それじゃ。そのお袖という女を説き伏せて、まずは町年寄のところに引っ張っていかねばならぬな」

大坂で町年寄というのは、町役人の筆頭である惣年寄(そうどしより)の補佐を務めるもののことでつねに会所におり、町人と町奉行所のあいだを取り持った。

「よし……では、わしがお袖に会い、会所に行くよう説き伏せよう。生玉近くの『白鷺楼』だったな」

「へえ、わても行きますわ」

梅王丸と鳥助は同時に立ち上がった。

自分の長屋に戻った千夏は玉子料理の改良に余念がなかった。
(野菜ばっかりやと貧相に見えるかな……。もっと高い材料を使(つこ)たほうが豪華やな。鰻(うなぎ)の蒲焼(かばや)きとかマグロの漬(づ)けとか鯛(たい)の刺身とか……。けど、そうすると肝心の玉子が主役にならん。うちはもちもちしてたり、ふわふわしてたり、ぱりぱりしてたりする玉子の薄焼きを味わってほしいねん。野菜とか薬味とかはそれを助けるための

もんや……)

千夏は腕組みをして考え込んだ。

(あのおっちゃんらと一緒やと『やったるで！』ゆう気持ちになるんやけど、ひとりになると急に自信なくなるなあ……。まあ、ええわ。うちはうちや。うちの作りたい料理を作るんや)

千夏が玉子を器に割り入れようとしたとき、

「もうし……ちょっとものをおたずねします」

表で声がした。ひとが訪ねてくるというのは珍しいことなので、千夏は身構えた。

「もうし……もうし……」

「どなたさん……？」

「千夏さんのお住まいはこちらだすか」

千夏は一瞬ためらったが、女の声だったこともあり、

「はい……そうやけど……？」

「ああ、よかった。あてはあんたのお父さんが死んだことに関わりのあるもんや。ちょっと入れてもろてええやろか」

「――えっ？」

「急いでるねん。悪いけど、入るで」

背の高い女が入ってきた。

「あては、あんたのお父さんが料理勝負したとき、『春暦』の仲居頭をしてた袖というもんだす。なんにもきかんと、これを受け取ってほしいのや」

そう言うと、二寸ほどの細い筒状のものを差し出した。油紙に包んである。

「これ、なに？」

「今は言えん。あてになにかあったら、それ持ってお奉行所に行ってちょうだい」

「え？　え？　どういうこと？　なにかあったら、て、なにがあるのん？」

「とにかくどこか、絶対にわからんとこに隠しといてほしい。お願いします」

言いたいことだけ言って、家を出ていこうとしたので、

「お袖さん、待って！　もしかしたらうちのおとんが死んでるのを見つけてくれたゆう、あのお袖さん？」

「そ、そうや」

「うちのおとんが死んだことに関わりがある、て言うたけど、あのときなにがあったん？」

袖は下を向いてしばらく黙ったあと、

「あては取り返しのつかんことをしてしもたんや。あんたには謝っても謝りきれん。あては最低の人間や」

早口でそうまくしたてると、逃げるように走り去った。

(なにがなんやらさっぱりわからん……)

千夏は、袖が残していった油紙をぼんやり見ていたが、立ち上がると、それをある場所に隠した。

(ここなら、まあ見つからんやろ)

そして、今の出来事を頭から振り払い、ふたたび料理の工夫に没頭しようとしたが、

(おとんが死んだことに関わり……どういうことやろ……)

千夏は悶々としながら、父親の記憶をたどりはじめた。

◇

「お袖が辞めた？」

梅王丸と鳥助は顔を見合わせた。

「へえ……それがついさっき、急に女将さんのところへ来て『事情があって、辞め

させてもらいます』言うたかと思たら、あわてて荷物まとめて出ていったそうだす。人手が足らんときに勝手なことされて困る、いうて女将さんがぼやいてました」

「白鷺楼」の仲居はそう言った。

「わてらが探ってることに気ぃつきよったんやろか」

鳥助が言うと梅王丸は女に、

「辞める、と言い出すまえになにかなかったか？」

「そう言えば妙なことがおました。盗人が入りましたのや」

「なに？」

「お袖さん、昼過ぎだしたかいなあ、女将さんのお許しをもろて一刻ほどどこぞへ出かけてましたのやが、帰ったらすぐに女将さんからお使い頼まれはって、また出ていかなあかんかった。やっと戻ってきて部屋に入ったら、着物からなにから持ちもの全部行李から引っ張り出されて、ひっくり返してあったらしいんだす。それで旦さんが『お役人に届ける』ゆうて大騒ぎになりましたのやが、しばらくしたらお袖さんが、『ようよう調べてみたら盗られたものはないみたいだす。だれぞの悪戯だすやろ。お騒がせしました……』言うて一件落着になったんだすけど、そんな悪戯するひとおるやろか。とにかくそのあとすぐに店辞める、て言い出さはって……」

「では、盗人が入ったのは今しがたのことだな。——お袖が立ち回りそうな先は知らぬか」

「さあ……親は死んで実家ももうない、て言うてはりましたさかいな。兄弟や親類の話も聞いたことおまへんわ。どこぞでまた住み込みの仲居でもしはるのとちがいますか」

しかたなくふたりは「白鷺楼」を辞した。

「欣也のところにでも転がり込んでおるのだろうか」

「いやあ、あの喧嘩の具合ではそれはおまへんやろ」

「その『なにも盗らなかった盗人』というのが気になるのう」

梅王丸と鳥助は袖の行方を捜したが、雲をつかむような話で、居所はまるでわからなかった。

◇

それから数日、梅王丸たちはひたすら袖を捜した。しかし、手がかりすら見つからなかった。

「しかたがない。それよりも料理勝負だ」

まずは、明日に迫った勝負に勝つことが肝心であった。念のため、千夏は梅王丸のところに泊まらせることにした。夕刻、千夏は自分の長屋を出て、長屋王の「聖徳長屋」へと向かった。包丁をはじめとする料理道具一式を入れた倹飩箱を担いでいるが、腰もしっかりしていて、前後の大きな箱ふたつはみじんも揺れていない。

（いよいよ明日か……）

亡くなった父親のことや梅王丸たちの期待や先日訪ねてきたお袖という女や……いろいろなことが頭を去来する。しかし、千夏の歩みは真っ直ぐである。阿弥陀池の和光寺の塀に沿って北に向かい、白髪橋のたもとまで来たとき、突然、目のまえにひとりの男が立ちはだかった。着物をだらしなく着崩し、にやにや笑いを浮かべながら、ふところに手を入れている。

「おっさん、そこどいてんか。うち、橋渡りたいねん」

しかし、男は無言のまま動こうとしない。

「なんや、こどもと思て嫌がらせか。べつにかまへんわ。ほかの橋渡ったらしまいや」

千夏が引き返そうと後ろを向くと、そこにもべつの男が立っていた。同じようににやついた顔でゆっくり近づいてくる。

「思い出した。あんたら、こないだ梅王丸さんの家で暴れてぼこぼこにされた赤蛇の縞蔵とかいうヤクザの手下やな」

「ぼこぼこにされた、ゆうのは余計じゃ」

「うちになんか用か」

「べつに……」

千夏は男をにらみつけ、

「嫌らしいやっちゃなあ。どかんと怪我するで」

「こっちは大の男がふたりや。そっちはチビ助ひとり。勝てるつもりか」

「うちはぎょうさん包丁持っとるのや。めちゃくちゃに振り回してるうちに、おっさんらの首やら腹やら胸やらにぐさーっ！　と突き刺さるかもよ」

男はやや心細そうな表情になり、もうひとりの男に、

「兄貴、こんなこと言うとるで」

「びびるな、アホ！　わしらかて匕首持っとるやないか」

「けど、一本ずつや。こいつ、たぶん何本も刃物持ってるやろ。それに、往来で匕首抜いたりしたらお役人に捕まるで」

「せやから、箱から包丁出すまえにやってしまうんや。わしらが言われてるのは、

こいつの右腕をへし折って、包丁が握れんようにすることや。とっととやって、さっさと帰ろ」

「けど、兄貴……なんぼなんでもちょっとかわいそうなことないか？　こんな小さい子の腕折るやなんて……」

「それはわしも思たけどな、妙な仏心起こしたら、あとで親方にめちゃめちゃどつかれる。やらなあかんのや」

千夏がじれて、

「なにをごちゃごちゃ言うとんねん。相手の腕折ってまで勝負に勝ちたいんか。毘沙門屋ゆうのはほんまに卑怯なやつやな」

「わしもそう思う。けど、あの長屋を潰さんと新・新町がでけへんのや。悪う思うなよ」

　そう言うと、ふたりの男は両手を広げ、前後から同時に千夏に飛びかかった。その瞬間、

「ぎゃあっ！」

「目が……目が……！」

　ヤクザたちは右目を押さえてその場にうずくまった。千夏も驚いて、彼らの顔を

見ると、目になにかが突き刺さっている。

「そいつぁ吹き矢だ」

和光寺の山門の陰から現れたのはとっこい屋の重松だった。手には長い棒のようなものを持っている。

「おっちゃん、すごい腕やな。あんな遠いところから命中させるやなんて……」

「もっと遠くてもかならず当てるぜ。つぎは喉にするか」

そう言いながら重松は近づいてきた。ふたりのヤクザは手で喉を押さえながら逃げていった。

「へへっ、すぐに目医者に行きなよ！」

重松はふたりに声をかけたあと、

「なにか仕掛けてくるんじゃねえかと思ってたが、やっぱり来やがったな。汚え野郎たちだ」

「ほな、うちのことずっと見張ってくれてたん？」

「まあな」

「ありがとう、とっこい屋のおっちゃん。うち、吹き矢てこどもの遊びやと思てた」

「こどもが使ってるのは素人用。こいつは玄人が使うもんさ。――じゃあ、行こうか」

千夏はうなずいて、倹飩箱を持ち上げた。

◇

「やっと見つけたぜ……」

欣也が袖と対峙していた。場所は、青龍神社の境内の片隅だ。袖の顔は恐怖に引きつっている。

「おめえの親戚が上町に住んでる、てえのを思い出したんでな、ひとを使って捜させたんだ。やっと今日、その家がわかったんで、おめえが出てくるんじゃねえかと張りついてたら……思ったとおりだったってわけだ」

「あ、あんた……あての留守に部屋、家捜ししたやろ。それで、怖なって逃げたんや」

「このまえのおめえの様子、どうもおかしいんで、例の件についてなにかを握ってるんじゃねえかと思って、ちょいと捜してみたが……なにもそれらしいものは見つからなかったぜ」

「当たり前や。アレはだれにもわからんとこに隠してある」

欣也は顔色を変えた。

「なに？ アレってのはなんだ。どこに隠した」

「もし、あてがあんたに殺されたら、お奉行所に届け出るようにだんどりつけてあるのや」

「なんだと、この女（あま）！」

欣也は紬の胸倉をつかんで締め付けた。

「おい、言え！ どこにあるんだ。わかった……あの親類の家か」

「アホかいな。そんな見つかりやすいところに隠すはずないやろ。嘘やと思うたら今から一緒に行って天井裏から畳の下まで一緒に捜そか」

欣也は紬の頰を張り飛ばした。紬はその場に倒れた。欣也は紬に馬乗りになり、紬の顔を何度も殴打した。

「言え！ 言わないか！」

取り憑（つ）かれたように殴り続けていた欣也だったが、ふと紬がぐったりしていることに気づいた。白目を剝（む）き、舌が口から飛び出している。

「お、おい、お紬……」

しかし、袖の息はすでに止まっていた。

「ちっ……」

欣也は袖から離れると、

「明日は勝負の日だてえのにケチつけやがって……」

そうつぶやくと周囲のひと目を気にしながらその場を離れた。

◇

「どう……？」

千夏は、自分の作った料理を食べている梅王丸たちをじっと見つめている。すでに夜の亥の刻になろうかという時分である。

「美味い……！」

真っ先に食べ終えた梅王丸が言うと、

「美味しい！」

「まえより工夫しとるわい」

「こりゃあいくらでも食えるぜ」

「恐れ入ったなあ」

捨て蜂のお蜂、おキツネ憑けの玉太夫、とっこい屋の重松、千社札貼ったる屋の鳥助、恋金丹のひょろ吉の五人も口々にほめそやした。皆、梅王丸の家に集まって、明日の策を練っていたのだ。千夏は照れたように、

「六寸の皿やったら五つは載るやろ。それやったら先付けから最後の甘味まで食べてもらえると思うねん。そんな風にほめてもろたら勇気百倍や。よしっ、明日はがんばるで！」

「その意気だ。これならきっと勝てるだろう」

梅王丸が言った。

「明日、毘沙門屋に行けるのは親方だけやさかいなあ、千夏ちゃんが勝つところをこの目で見れんのが残念やけど、わたいらは陰ながら応援してるわ」

ひょろ吉が言うと、

「ありがとう！」

千夏は打ちあがった花火のようににっこり笑った。

「明日は早いぞ。暗いうちから天満の青物市場に仕入れに行かねばならぬのだろう。もう、今日は片づけて寝なさい」

「わかった。ほな、おっちゃん、明日もよろしゅうに……」

千夏は道具や食器などを水で洗い、包丁をもみ殻に突っ込むと、

「おやすみなさい」

と言ってつぎの間に入っていった。すぐに寝息が聞こえてきた。

「ええ度胸しとるなあ」

鳥助が感心したように言った。

「明日、おとなの花板を向こうに回して、長屋の権を賭けた大勝負するゆうのに、くうくう寝とる。わてやったらとても眠れんわ」

お蜂が、

「そこが千夏ちゃんのいいところさ。お腹がどーんとすわってる。あんたも見習ったらどう？」

「なに言うとんねん。こう見えて、なかなか盗人も腹をすえんとできん稼業……」

そこまで言いかけたとき、

「ごめん。兜小路梅王丸殿はご在宅でしょうか」

外で声がした。こんな時間に……と一同が緊張するなか、梅王丸が言った。

「どなたかな」

「西町奉行所定町廻り同心天児六郎太でござる」

　お蜂が顔を輝かせ、

「きゃっ、天児さま！」

　梅王丸は、

「なにごとかな」

「料理屋『白鷺楼』仲居の袖なるもののことでお訪ねしました。入ってもよろしゅうござるか」

「お入りくだされ」

　入ってきた同心に梅王丸は、

「お袖になにかあったのか」

「殺されたのです」

　一同は驚愕した。

「いつのことです」

「おそらくは数刻まえ。青龍神社の境内で死骸が見つかり、あれこれと生前の足取りを追っておりましたが、袖が勤めていた『白鷺楼』なる料理屋の仲居を詮議したるところ、梅王丸殿ともうひとかたが袖がどこにいるか話をききにきた、との証言を得たのでかく参ったる次第。決してお手前を疑うておるわけではありませぬ」

「なるほど……。これは千夏の耳には入れぬほうがよかろうなあ。勝負の前夜に動揺させてはならぬゆえ……」

「どういうことでござる」

「お袖のもとを訪ねたるはわしとここにいる鳥助のふたり。その事情というは……」

かくかくしかじかと経緯(いきさつ)を述べた。

「さようでありましたか。では、その欣也という板前が口封じのために殺した、と……」

「証拠はなにもない。明日、毘沙門屋にて料理勝負があるゆえ、欣也はかならず現れる。勝負が終わったあと、お袖殺しとの関わりを問いただされてはいかがかな」

「そうさせていただきます。——では、私はこれにて」

お蜂が、

「えっ、もう帰っちゃうの？　お酒でも飲んでいきませんか」

ひょろ吉が、

「アホ言うな。お歴々がわたいらと一緒に飲むわけないやろ」

天児は笑いながら、

「そうしたいのはやまやまなれど、まだお袖殺しについて今夜中に調べねばならぬことがたくさん残っておりますゆえ、つぎの機にお願いしたく思います。——それにしても、皆さんはこの長屋のおかたですか」

一同はうなずいた。

「仲がよさそうでうらやましく思います。——じつは私、お頭から、明日の料理勝負でこの長屋の存廃が決まる、という話を伺うております。その娘が勝利して、この長屋が無事に維持されることを心から願うております」

梅王丸は、

「あんたのような役人が増えれば、大坂も住みようなる。今後ともよろしく頼む」

「はい、若輩者ではありますが、この町のために少しでも力になりたいと思うております。こちらこそよろしくお願いいたします。——では、ごめん」

そう言うと天児六郎太は颯爽と帰っていった。お蜂が両手を組み合わせて、

「かっこいいねえ……ほれぼれするねえ……。聞いた？　今度あたいたちと飲んでくださるってさ」

梅王丸は、

「そんなことより、お袖が殺されたのは今の同心が言うていたとおり、欣也が口封

じのためにやったのだろう。おそらくお袖は、なにか欣也の悪事に関する証拠を握っており、それを持って町奉行所に駆け込み訴えするつもりでいたが、部屋を家捜しされたことで恐怖を感じ、身を隠していたのだろう」

玉太夫が、

「ところが見つかってしもうて、殺られてしもた、というわけか。これで、千夏の父親の死んだ件についての証人はいなくなってしもうたのう」

「そういうことだ」

梅王丸はため息をついた。

「なんちゅう不細工な真似してくれたのや。おまはんら、頼まれたことぐらいきっちりやってんか。そのために日頃、かなりのお金を払うとるはずや。この役立たずどもが！」

毘沙門屋卜六郎は顔を真っ赤にして怒鳴っている。そのまえには、赤蛇の縞蔵と子方のふたりが身を小さくして下を向いている。子方のふたりは、右目に包帯を巻いている。

「これで、前日に娘の腕を折って包丁握れんようにする、という案はおじゃんや。ほんまに大丈夫やろな」

子方のひとりが、

「へえ、それやったらご心配なく。目医者の話では、急所外してあるし、手当ても早かったさかい、しばらく養生したら見えるようになる、て……」

「だれもそんなことをきいていない。明日の手はずは大丈夫か、と言うてますのや」

縞蔵が、

「そのことなら、ちゃんと手配りしとります」

毘沙門屋は火鉢のまえで横座りして、

「明日の審判役四人のうち、入船屋の主と大坂蔵奉行は袖の下を受け取りよったさかい、こっちに票を入れよるはずや。けど、あとのふたりは公明正大に評定したい、ゆうて受け取らんかった。まさか大坂一の花板があんな小娘に負ける気遣いはない……とは思うが、万が一ということがある。とにかく卑怯と言われようがどんな汚い手でも使て勝負に勝って、あの長屋をこっちのものにせなあかんのや」

「それはわかっとります」

「わかっとったら、言われたとおりにちゃんとやっとくれ!」

毘沙門屋の怒りは容易に収まらなかった。

そして、ついに八月十五日、勝負の日になった。空はからりとした日本晴れだった。まだ暗いうちから千夏は青物市場に出かけ、新鮮な取れたての野菜を買い付けた。そこから雑喉場（ざこば）にまわり、乾物などを買う。もちろん梅王丸も用心棒役として同行した。しかし、赤蛇の縞蔵の手下は現れなかった。

一度長屋王の家に戻ってひと息ついたあと、梅王丸は野菜や各種の調味料、長屋を回ってかき集めた複数のカンテキなどを載せたひとり用のベカ車を押し、千夏はあいかわらず朸（おうこ）を担ぎ、新町に向かった。塀の内側に入った千夏はあちこち見渡して、

「うわあ……うち、新町に入るのはじめてや。大きい店ばっかりやなあ」

昼間の新町はひとどおりも夜に比べると格段に少ない。昼遊びの客がふらふらしているだけだ。ふたりが毘沙門屋に着いたのは巳（み）の刻を少し過ぎたころだった。驚いたことに、店のまえに卜六郎が立っていた。

「主みずからの出迎えとはいたみいる」

「皮肉はよろしい。あんたを出迎えたのやない。あんたのふところにあるものをお出迎えさせていただきましたのや。沽券状は持ってきはりましたやろな」

「ここにはない。あるところに預けてある。もし、欣也が勝ったら、その場所を教えてやろう」

「嘘やおまへんな」

「もちろんだ。――そう言えば、昨晩は挨拶をいただいたようだな」

「な、なんのことだす」

「赤蛇一家のヤクザものふたりに千夏を襲わせただろう。卑怯な真似をするな！」

「わては知りまへん。縞蔵が気ぃきかせて勝手にやりよったんだすやろ」

「まあ、よい。勝負がついたら、縞蔵を締め上げてやる」

逃げるように奥に入っていった卜六郎と入れ替わりに、タヌキのような顔をした男が現れた。

「はじめてお目にかかります。わては当家の一番番頭の加兵衛と申します。この度の料理戦の万事を取り仕切らせてもらいますよって、よろしゅうお願いいたします」

番頭はぺこりと頭を下げると、

「早速だすけど、荷を検(あらた)めさせていただきます。よそでこさえた料理をこっそり運び込まんようにするためでございます。これは、勝負でございますから……」

わしらがそんな不正をするものか、と梅王丸はムカッとしたが我慢をした。

「けっこうでございます。材料はこれだけだすな」

千夏が、

「そや」

「ものが傷んでたとか足りんかったとかで、あとから追加したり、取り替えたりはできまへんさかい、お含みおきを。ほな、荷はすべて台所にお運びしておきます」

梅王丸が、

「いや、わしらがやる。運ぶ途中でなにをされるかわからぬ」

加兵衛は鼻白んだような顔になったが、

「おまえが言うたとおり、これは勝負だからな」

「なるほど。承知いたしました」

店先と台所を何度も往復して、材料や調味料、包丁類、それに五つのカンテキを運び入れたふたりは、女子衆(おなごし)の案内で控えの間に通された。菓子をふんだんに盛った鉢と茶が置かれている。やがて、加兵衛が部屋にやってきて、

「このお部屋と下の台所、それにお手水はお好きに使うていただいて結構だす。ほかの部屋にはお入りにならんように、外へも出んようにお願いいたします。欣也さんも同様で、あちらさんには上の台所を使うていただき、お互いになにを作ってるかわからんようにしてございます」

「外に出てはならぬ、というのはどういうわけだ」

「さきほども申しましたとおり、外から料理を持ち込まんようにするためでございます。もちろん欣也さんにもそれはお守りいただきます。勝負の場所は二階にございます広間で、暮れ六つちょうどにはじめさせていただきますのでよろしゅうお願いいたします」

梅王丸は顔をしかめ、

「いろいろと勝手に決めてくれたようだが、わしらにも別段異存はない。ただ、ひとつだけこちらからも条件をつけさせていただこう」

「どんなことだすやろ」

「できあがった料理を勝負の場に運ぶのは、わしらに任せてもらいたい。仲居などにやらせると、途中でなにか混ぜられるおそれがあるからな」

「これはご念の入ったことで……。ごもっともなことですさかい、ほなそうさせてもらいまっさ。なにかご用がおましたらお手を叩いてくれはったらすぐに参ります。ひっひっひっひっ……」

妙な笑いを残して出ていった。梅王丸は茶を啜り、

「千夏、少しのんびりしたらどうだ。暮れ六つまでにはまだ当分ある。菓子を食うたあと、昼寝でもせぬか」

しかし、千夏は返事をせぬ。見ると、下を向いて肩を震わせている。

「なんだ、緊張しておるのか。おまえの柄ではないぞ」

「わかってる。けど……うちが負けたらあの長屋取られると思たら……怖いねん」

梅王丸は、千夏が自分の双肩にかかっている重圧のせいで小さな心を痛めていることを不憫に思った。梅王丸は千夏の背中を大きな手でどやしつけ、

「うははははは。おまえはそのようなことを気にせずともよい。心を込めて、作りたい料理を作ればよいのだ。それで、たとえ負けたとしても、この世が滅ぶわけでもない。あとのことはこのわしがなんとかする。いつもの元気はどうした」

「そ、そやな。うちから元気取ったらなんにも残らへん。よっしゃ、食べるで！」

千夏は菓子をパクつきはじめた。あっという間に饅頭を五つ平らげると、茶を飲み、

「ちょっと昼寝するわ」

と言って座布団のうえで寝てしまった。こうなると梅王丸は手持無沙汰(てもちぶさた)である。しかも、ここはいわば敵方の居城のなかである。居心地が悪いにもほどがある。菓子を食う気にもならず、かといって酒を飲むわけにもいかず、眠ることもできず、腕組みをしてじっとしていた。昨晩のようにだれかが千夏になにか仕掛けてくるかもしれないからだ。そんな梅王丸の気持ちを知ってか知らずか、千夏はよだれを垂らしながら無心に眠っている。

はじめのうちはにこやかにその寝顔を見つめていた梅王丸だったが、一刻(いっとき)経ち、二刻が経つとさすがに心配になり、千夏を揺り動かした。

「おい、千夏。もう七つだ。そろそろ起きぬか」

「あ……おっちゃん。おはよう」

「なにを申しておる。支度をしたほうがよいのではないか」

「そやな。ほな、はじめよか」

千夏は両腕を突き出して大欠伸(あくび)をした。

「間に合うのか」

「もちろんや。だいたいあんまり早いうちから下ごしらえしたら、野菜から水が出てくたくたになってしまうねん」

「そういうものか」

「そういうもんや」

千夏は立ち上がった。ふたりは部屋を出ると台所に向かった。途中で、廊下からこちらに向かって歩いてくる欣也と出くわした。避けるわけにもいかずそのまま進んだが、欣也はじろりと千夏をにらみ、

「今から支度か。どんな料理を作るつもりか知らねえが、間に合うのかねえ」

「ほっといて。大きなお世話だ」

「おいら、こどもをいじめるつもりはねえんだ。すいませんでした、勝負はできません、と謝ったら堪忍してやるぜ」

「それはうちが言いたいことや。土下座して泣いて謝ったら許したる」

「ふふん、馬鹿言っちゃいけねえ。せいぜい首を洗って待ってな」

梅王丸はよほど、

(昨日、お袖という女を手に掛けたのはおまえだろう)

と言ってやりたかったが、なんの証拠もないし、勝負まえに言葉で相手を揺さぶるのはよろしくない、と思ったので口にはしなかった。そんなことをしたら、欣也

だけでなく千夏まで動揺してしまうだろう。

欣也が行き過ぎてしまったあと、梅王丸は千夏が委縮してしまったのではないかと思ったが、

「あいつ……コテンパンにしたる！」

そう言うと、自分の顔を両手でパン！　と叩いた。かえってやる気を搔き立てられたようである。

ふたりは下の台所に入った。千夏は野菜の皮を剝いたり、刻んだり、茹でたり……と下ごしらえに取り掛かった。献立は、薄焼き玉子でさまざまな具を包む例の料理だが、今日に向けて、中身にも玉子の焼き方にも工夫が加えられている。

「なにか手伝うことはないか」

梅王丸はそう言ったが、千夏は一心不乱に包丁を使いながら、

「ない！」

「そ、そうか……」

やがて、千夏は五つのカンテキを床に並べて火を点けた。しばらくすると番頭の加兵衛がやってきた。

「戦の開始まであと半刻になりましたさかい、お知らせにあがりました。支度のほ

うはどないだす」

　千夏は振り向きもせず、

「順調や」

「そらよかった。開始に間に合わんような不細工なことだけはやめとくなはれや。暮れ六つにちょっとでも遅れたら、戦わずして負けだっせ」

「わかってる」

　加兵衛が出ていったあと、千夏が、

「そろそろ玉子を焼き始めよかな」

　そう言ったとき、黒いものが床を動いた。

「あっ、ネズミや！　おっちゃん、追い出して！」

　梅王丸がネズミをつまみ出そうとした瞬間、なにかが台所に飛び込んできた。それは二匹の猫だった。ネズミは驚いて逃げる。猫は全力で追いかける。三匹は縦横に台所中を暴走し、壁を上り、床に落ち、ぶつかり合い、調味料を入れた徳利(とくり)を倒し、まな板やいかき（ざる）に体当たりした。梅王丸にもどうにもできなかった。

　やがて、三匹は勝手に台所から出ていった。梅王丸は戸をぴしゃりと閉め、

「おかしい。戸は締めておいたはずなのに……」

そうつぶやきながら振り返ると、千夏が泣きながらへたり込んでいた。刻んでいかきに入れて水切りしてあった材料はすべてひっくり返されて土間に落ち、泥だらけのうえ、猫の毛だらけになっていた。

「なんとかならぬか。よく洗えば……」

千夏はかぶりを振り、

「切って、水切りしたもんをもっぺん洗(あろ)たら歯触りがダメになる。それに、ネズミに踏みつけられたんや。もう料理には使えんわ。食べてたひとがお腹下したりしたら……」

千夏は蒼白(そうはく)になった。父親の料理を食べたものが皆ひどい腹下しを起こしたあの事件のことを思い出したのだ。父親の仇(かたき)を取るための料理勝負なのに、もし自分が同じようなことをしでかしてしまったら……。

「材料は残っておらぬのか」

「ない。全部切ってしもた。残ってるのは、ヘタとか根っ子とか皮とか芯(しん)とか……使えんところばっかりや。もうあかん。時間もない……」

そこに、加兵衛が顔を出した。

「あと四半刻(しはんとき)になりましたさかいお知らせに……おやおや、どないなりましたのや。

えらいひっくり返ってますなあ」

梅王丸が加兵衛をにらみつけ、

「ネズミと猫が暴れまわったのだ」

「はあ……そら運の悪いことで……」

「おまえの家の猫だろう。そやつらのせいで材料がこうなってしまったのだ。代わりの材料を取り寄せさせてくれ」

「ははは……そらあきまへん。最初に申し上げたはずだっせ。材料をあとから追加したり、取り替えたりはできまへん、外へも出られまへん、とな」

「貴様……謀ったな」

「さあ、なんのことだす」

「材料がなければ料理はできぬ。勝負の日延べをしてもらいたい」

「そら無理だすわ。えらい先生がたにお集まりいただいとりますのや。またべつの日に来とくなはれ、というわけにはいきまへん」

「ならば、戦の開始を遅らせてくれ」

「暮れ六つにちょっとでも遅れたら、戦わずして負け……たしかそう申し上げましたなあ」

「なにもかも貴様たちの企みだったとはな……」

「たしかに暴れたのは当家の飼い猫かもしれまへんけど、あんたらもうかつとこあるのとちがいますか。料理の最中に台所の戸を開けておくやなんて、用心が悪すぎますわ」

「そうか……貴様が戸を少し開けて、ネズミと猫を放り込んだのだな！」

「証拠もなしに言いがかりはやめとくなはれ。ほな、此度の料理戦は欣也はんの勝ちということでよろしいな」

「待て。まだ、戦ははじまっておらぬ」

「けど、材料もないやろし、時間もあと四半刻しかおまへんのやで。玉子は残ってるみたいやけど、それだけでは料理は作れまへんやろ。煮抜き玉子でも出しまっか。ひひひひひ……」

加兵衛はけたたましく笑いながら台所から出ていった。梅王丸は憤怒の形相でその背中をにらみつけていたが、

「千夏、わしのせいだ。付き人として、もっと気を付けているべきだった」

「ええねん、おっちゃん……けど、長屋が……」

梅王丸は台所の窓から外を眺めた。もう月が空に浮かんでいた。満月である。

「のう、千夏。あれだけのことを言われて悔しくないか。わしは悔しい。なんとかならぬか」

「うちかて悔しいけど……材料が……」

「まえに言うておったであろう。ゴボウの端っこも、大根の尻尾も、ニンジンの皮も、イモのへたも、硬い芯の部分も屑ではなく、ちゃんとした材料だ、十分美味しいもんが作れる、とな」

「そらそやけど……」

「此度は玉子料理であればよいのだ。玉子を茹でるだけでも立派な料理ではないか。おまえの腕なら今あるもので欣也を超えるものが作れるとわしは思う。戦わずして負けを認めるな。──調味料はあるのか」

「お酒と醤油と塩、それに家で取った昆布出汁は無事やった。あと葛粉とうどん粉……ぐらいやろか」

「それだけあればおまえの才ならなんとかなる」

「けど、時間が……」

「即席料理が得意だと言うておったではないか。作りながら考えるのだ、とな」

「そ、そやな」

千夏は涙を拭くと、

「おっちゃん、うち、やってみるわ」

「その意気だ」

千夏は勢いよく立ち上がると、窓から見える月に向かって、

「おとん、見ててや！」

そして、鍋に水を張って玉子を入れ、カンテキにかけた。茹で玉子を作るらしい。そして、かろうじてネズミと猫の被害を免れた野菜屑を細かく刻み始めた。梅王丸は、

「なにをするつもりだ」

という言葉をかろうじてこらえた。黙って見ているしかないのである。千夏が戦いをはじめたことは、その背中から十分に伝わってきた。

◇

そして、「戦」の刻が来た。二階の大座敷には正面に審判役の席である四つの座布団が並べられ、それと向き合う形で千夏と欣也が座っている。欣也が小声で、

「ネズミに材料を荒らされたとか聞いたが、それじゃあとうていまともな料理は作

れめえ」

「心配いらん。どんな料理作ったかしらんけど、あんたのよりはましや」

「ふふん……おいらの料理を見たら腰を抜かすぜ。おめえの親父同様に叩(たた)き潰(つぶ)してやらあ」

千夏の後ろには後見役として梅王丸が座っているが、欣也の後ろにいるのは彼の一番弟子の板前だという。座敷の入り口付近には西町奉行所の与力金埜茂左衛門の姿があった。なぜ役人がいるのか、という梅王丸の問いに卜六郎は、

「戦ゆえ負けたもんが暴れ出すような物騒なことになったら困りますさかいな、それを取り押さえるために知り合いのお役人に来ていただいたんだす」

梅王丸は舌打ちをして座り直した。卜六郎が手を打つと、襖(ふすま)が開き、四人の審判役が入ってきた。歌舞伎役者の市川佐渡右衛門、京の連歌師村口由鳳、廻船(かいせん)問屋入船屋主(あるじ)藤兵衛、大坂蔵奉行土井正太郎である。村口という連歌師が梅王丸に、

「おや、珍しい顔があるやないか。あんた、この戦と関わり合いがあったのか」

「由鳳先生、お久しぶりです」

「こないだお天子さまがなあ……」

「お天子さま」という言葉が急に出てきたので一同は驚いた。

「あんたのこと言うとったで。梅王はどうした、たまには顔が見たい、ゆうて。あんた、お気に入りやったさかいなあ」

そう言うと村口は座布団に座った。欣也が梅王丸をちらと見て、

「マジかよ。食わせもんじゃねえのか」

ほかのものもそれぞれ着座したのを見て、毘沙門屋卜六郎が言った。

「では、時刻が参りましたので戦をはじめたいと思います。戦と申しましても料理の戦場で椀や箸を得物に戦うだけやさかい、怪我したり命を落とす憂いはおまへん。審判役はいずれ劣らぬ食通のおかたたち。料理は玉子料理一品のみ。東方、西方の順に料理を出して、どちらが気に入ったかを審判役の皆さんに選んでいただき、票の多かったほうを勝ちといたします。どちらが勝ってもこの場の座興。恨みを後日に残すことのないようにお願いします。——ほな、まずは東方、板前欣也さんの料理から運んどくなはれ」

それを聞いた欣也の弟子の板前が立ち上がり、三人の仲居たちを引き連れて座敷から出ていった。やがて、手に手に膳を持って戻ってくると、審判役のまえに並べた。欣也が、

「玉子を使いました一品料理でございます。どうぞお召し上がりを……」

それは「玉子料理」と呼べるようなものではなかった。六寸の皿を目いっぱい使って、零れ落ちんばかりに料理が詰め込まれている。鰻の蒲焼き、鯛の刺身、アナゴの天ぷら、アユの塩焼き、蛸の柔らか煮、スッポンの煮凝り、マグロの漬け、ニンジン、糸ごんにゃく、焼き豆腐などの炊き合わせだった。玉子は錦糸玉子としてぱらぱらと振りかけてあるだけで、ほとんど見えない。

「うひょお、これは豪華絢爛やな」

連歌師が叫んだ。

「美味そうだ。見ただけで唾が湧いてくるわい」

市川佐渡右衛門も言った。

「これ、料理屋で食うたら、ひとりまえ一両、いや、もっと取られるかもしれんなあ」

廻船問屋入船屋の主も言った。

「ひと皿のうちに会席料理が全部詰まっとるようなもんやなあ」

蔵奉行が感に堪えぬ風に言った。

「ただ豪華な材料を並べた、というだけではない。この鮎の塩加減といい焼き具合といい、見事なものだ」

「鰻もふっくらと焼けとるし、タレも上塩梅や。鯛も極上の明石鯛のいちばんええとこだけを使とるなあ」

「スッポンとはまた贅沢な……。これは寿命が延びるわ」

「蛸が柔らこうて汁気たっぷりや。わてみたいな年寄りの歯でも楽に噛めるわ」

「アナゴもカリッと揚がっておるし、箸でちぎれる。天ぷらなどというは下世話な食べものだが、こういう具合に供されると美味いものだな」

欣也はにやりと笑って千夏を見た。すでに勝負あった、という顔だった。卜六郎が、

「まあまあ、皆さん、もう決まったも同じかもしれまへんが、判定は一応、西方の料理を食してからにしとくなはれ。ほな、西方、板前見習い千夏の料理をお願いいたします」

梅王丸は三人の仲居とともに座敷から出ていくと、すぐに膳を持って引き返してきた。千夏が緊張した様子で、

「玉子料理でございます。お召し上がりください」

それは、千夏が急遽作った料理である。連歌師が面白そうに、

「ほほう……大きな皿の半分に熱い餡が盛られとる。あとの半分には、これはなん

や……煎餅みたいなもんが置いてある。そのちょうど真ん中に醤油で煮抜いた玉子がある。今の料理に比べて、なんともまた貧相な料理やが……」

蔵奉行も、

「まことに仰せのとおり。玉子料理とは申せ、煮抜き玉子がひとつでは心がときめかぬ。これはもう、食べるまえから勝敗は明らかではござらぬか」

そう言いながら玉子に箸をつけようとしたとき、

「おっ……！」

箸の先端が触れた瞬間、ゆで玉子が勝手にふたつに割れたのだ。そして、その半分は熱々の餡のなかに、あとの半分は餡の敷いていないところへ転げ落ちた。ほかの三人のものもそうなった。市川佐渡右衛門が、

「ほっほっほっ……これは趣向やなあ。隠し包丁を入れてあったのや。ちょっとつついただけで真っ二つになった。見事な包丁さばきや」

入船屋の主が玉子を口にして、

「うむ、ええ塩梅や。柔らかからず固からず、醤油の染み込みもええ」

連歌師が、

「餡をからめると一段と美味さが増すわい。この餡、なんとも旨味が凝っとるがよ

ほどの工夫がしてあるんやないかな」

　市川佐渡右衛門が、

「私は何年かまえ、これと同じ出汁を味わったことがおますわ」

　蔵奉行が、

「この煎餅……野菜を細こうに刻んで、うどん粉をつなぎにして、カリッと揚げたものだな。そのまま食うても美味いが、餡にからめると至上の味わいだ。煮抜き玉子とともに食するとますます美味うなる。そうなると、玉子がひとつだけ、というのがなんとも惜しい」

「そやなあ、なんで煮抜き玉子があと二、三個欲しかったわ」

「物足らんなあ」

「いや、その……ちょっと物足らんところが禅味かもしらん」

「欣也の豪華絢爛なごちそうか、この物足りなさか……と言われるとやっぱりなあ……」

　審判役たちがそんなことを言い合っているのを、千夏と欣也はじっと聞いていたが、やがて毘沙門屋が、

「ほな、いよいよ評定をお願いいたします。わてがポン！　と手を叩いたら、それ

ぞれ東の札か西の札を挙げとくなはれ。ひのふの三つで……」

毘沙門屋が手を叩くと、一斉に札が上がった。入船屋と蔵奉行は東の札、連歌師と歌舞伎役者は西の札だった。血相を変えた毘沙門屋が、

「佐渡右衛門さんと由鳳さん、お間違えやおまへんか。この貧相な煮抜き玉子ひとつのほうが豪華な盛り込み料理より美味しかったとおっしゃる？」

連歌師と役者は顔を見合わせたあとうなずき合った。由鳳が欣也に、

「たしかに欣也さんの料理はお金もかかっとるし、見た目も豪勢やし、味もええ。楽しませてもらいましたけど、残念なことに肝心の玉子がなあ……」

「へ……？」

佐渡右衛門が、

「うえにかかっとる錦糸玉子がもさもさして、せっかくの美味しい料理の味わいを損ねとるのや。この勝負は『玉子料理勝負』やろ。玉子料理勝負で玉子が足を引っ張ってるような料理に票は入れられん」

欣也の顔から血の気が引いた。佐渡右衛門はなおも続けた。

「おまはん、以前に『春暦』で勝負したときからちいとも変わってないな。料理というのは芝居みたいなもんや。なんぼ美味い料理でも、いっぺんになにもかも出さ

れたら、大序から大切りまで全部の幕を一緒くたにやってるようなもんで、筋書きとしては下の下や……ということをあのとき誰ぞが言うてなかったかいな」

由鳳が、

「それに、ひと皿に盛り込む、ということは、どれをどういう順序で食べるかはひとによって異なる。味の濃いもののあとに薄味のものを食べるのと、その逆の食べかたをするのでは、受け取りかたもおのずと変わってくる。この料理にはそこまでの気配りができておらぬのう」

欣也は焦った表情で毘沙門屋を見た。毘沙門屋は苦虫を嚙み潰したような顔で欣也をにらんでいる。欣也は大きく息を吐くと、開き直ったように、

「へへへ……東に二票、西に二票てえことは、この戦、引き分けだ。おいらもお奉行所の再吟味を受けずにすんだってわけだ」

そのとき、

「待て。その裁き、俺がつけてやろう。入るぞ」

大声を発したものがいた。どうやら廊下から聞こえたようだ。毘沙門屋が、

「だれや。今日は一日、関わりのないもんは二階に上げるな、と言うておいたのに……。金埜さま」

「わかっておる」

与力金埜茂左衛門が十手を引き抜いたとき、襖（ふすま）が開いた。入ってきた人物の顔を見て、金埜は「あっ！」と叫んだ。

「お頭……どうしてここに……」

それは、西町奉行新見伊賀守だった。

「ここでなにやらでけえ評定があると聞いたので来てみたんだ。俺もいろいろ浪花の地のことを知らねばならねえ身だからな。――毘沙門屋の主（あるじ）はどいつでえ」

毘沙門屋は金埜茂左衛門に小声で、

「どなただす？」

「西町奉行新見伊賀守さまだ。粗相のないようにな！」

「ひえっ……！」

毘沙門屋はその場に平伏（へいふく）した。

「おう、おめえが毘沙門屋卜六郎か。さっきから廊下でずっと聞いてたんだが、戦に決着がつかなかったみてえだな」

「へ、へえ、そうでおます……」

「それじゃおめえも困るだろ。俺ぁ、知ってのとおり、裁きをつけるのが役目でな、もしおめえらがよかったら、俺がこの料理戦を裁いてやろう。――どうだ？」

町奉行に言われては、「はい」と言わざるをえない。

「なら、俺にも料理を一人前ずつ持ってきてくんな」

そう言って伊賀守は審判役の横に腰を下ろした。毘沙門屋は欣也と千夏に、

「そういうわけやさかい、すぐにもう一人前、同じ料理をこしらえて、持ってきてくれ。できるか？」

欣也と千夏はうなずいて、

「おいらのほうは、余分に作ってあるから、それを盛りつけりゃあすみますぜ」

「うちも、玉子は茹でてあるから、餡を温めなおすだけや」

「ほな、頼むで」

千夏は部屋を飛び出していったが、毘沙門屋は欣也に、

「えらいことになったけど、これでこっちが勝てそうやな。町奉行はお大名や。豪華な料理がお好きやろ。貧相な煮抜き玉子だけの料理出されたら、怒って、わしを馬鹿にしておるのか、手打ちにいたす！　ぐらいのことは言いそうや」

欣也が出ていったあと、毘沙門屋は町奉行にすり寄り、

「お奉行さまはこの料理戦のこと、どちらでお知りになられました？」

「さあて、どこで聞いたんだっけ……忘れちまったよ」

やがて、欣也と千夏の料理が伊賀守のまえに運ばれてきた。

「じゃあ、今から食うが、俺ぁ料理人でも食通でもねえ。俺だけの見方で判定させてもらう。それでいいか？」

毘沙門屋が揉み手をして、

「もちろん、それで結構でございます」

伊賀守はまず欣也の料理を見て、

「こいつぁ豪儀だ。まるで日光東照宮みてえだな」

そして、箸をつけ、

「うんめえ、うんめえ」

そう言うとすっかり平らげてしまった。そのあとに、千夏の料理を見て、

「こいつはまた、びっくりするぐれえ貧乏くせえな」

毘沙門屋が、

「そうでございましょう。このようなもの、お奉行さまのお口にはあいますまい」

「うるせえな。気が散るから黙っててくんな」

そう言うと、煮抜き玉子を箸でつついた。玉子が割れて、片方が餡に、もう片方

が餡のないところに落ちたのを見て、

「ふーん……」

なにやら考えていたが、

「おい、お嬢ちゃん、こいつをこさえたのはおめえかい？」

「そや」

「こりゃあ一本取られた。まいったぜ」

「おっちゃん、わかってくれた？」

金埜茂左衛門があわてて、

「無礼もの！　お奉行さまに向かっておっちゃんとはなんだ！」

「金埜、今日は無礼講だ。——このまん丸い切り口……こいつはお月さんだな」

千夏はうなずいた。

「半身のうち、片方は空にかかった満月。野菜の煎餅(せんべい)みてえなのが雲だ。で、こっちの餡に落ちたほう……これは池に映った月てえわけだな」

「さすがおっちゃん、ようわかってる！」

新見伊賀守は毘沙門屋に向かって、

「西方の勝ちとする」

「そんな……まだ西方の料理を食べておられまへんがな」

「食べずともわかる。この娘は、ちゃんと今日に合わせた趣向を考えたんだぜ」

一同は「あっ！」と驚いた。

「そうか……今宵は十五夜、中秋の名月……」

「煮抜き玉子の黄身を満月に見立てたんか……」

「空の月と池の月、同じ大きさになるようにきれいにふたつに割るのはむずかしかろう」

新見伊賀守は、

「すげえじゃねえか。よく思いついたもんだ。このぎゅうぎゅうに詰め込んだ料理の絢爛さより、俺ぁこっちの料理の風流心に軍配を挙げるね。俺もさっきまでご城代にお城の月見に招かれていて、城の堀に映った月を見てたからわかったてえわけさ」

毘沙門屋ががくりと肩を落とした。伊賀守が、

「お嬢ちゃん、この料理に名前はあるのか？」

「ないよ。ついさっき思いついた即席料理やさかい」

「おっちゃんが名前をつけてもいいか？」

「かまへんで」

『月に群雲（むらくも）』てえのはどうだ」

「なんかわからんけど、それにする」

「はっはっはっ……これにて一件落着だな。俺ぁ帰るよ。あとはおめえらで始末をつけな」

そう言うと、伊賀守は座敷を出ていった。梅王丸が欣也に、

「これでおまえの負けと決まった。約束どおり、千夏の父殺しの件につき再吟味を受けるため町奉行所に出頭しろ」

「さあ……なんのことかな」

「見苦しいぞ。約束は守れ」

「知らねえよ。おいら、その娘の親父は、身の程知らずにもおいらに料理勝負を挑んできたから返り討ちにしてやったら、世をはかなんで自害したんだ。言いがかりは迷惑だぜ」

「まだ白を切るのか。『春暦』の仲居頭だったお袖もおまえが殺したのだろう！」

欣也の顔から血の気が引いたが、

「そんな女、名前を聞いたこともねえ。どこに証拠があるんだ。勝手なこと言う

な！」

「夫婦約束までしていた女だぞ。それを知らぬと言うのか」

「知らねえんだからしかたねえだろ」

千夏が立ち上がり、

「ちょっと待って。お袖さんて、ちょっとまえにうちを訪ねてきたで。殺されたってほんま？」

欣也が、

「なんだと？　お袖が、あ、いや、その女がどうしておめえのところに行ったんだ」

千夏がなにか言いかけたのを梅王丸は目で制して黙らせると、欣也の胸ぐらをつかんで立ち上がらせ、

「おまえを今から会所に連れていく。牢に入ってもらい、町年寄に届け出書を書かせ、明日の朝一番で町役一同にわしも加わって町奉行所に出頭させる」

会所には下牢と呼ばれる簡易の牢が設けられていた。

「嫌だ嫌だ。おいらはなにもしちゃいねえ」

欣也は暴れたが、金埜茂左衛門が十手でその肩を叩き、

「梅王丸、このものはわしが責任を持って会所まで連れていく」

梅王丸は不審げに金埜を見たが、

「わしも西町奉行所の与力を務める身。役目を果たさねばならぬ。信じてもらいたい」

「わかった。では、お任せいたす」

金埜茂左衛門は欣也に縄をかけて、座敷から連れ出した。梅王丸は毘沙門屋に、

「わしらの勝ちゆえ沽券状は渡せぬ。残念だったな」

「わかっとります。けど、わてはあきらめまへんで。かならず崖っぷち長屋は潰してみせまっせ」

「わしの目の黒いうちはそうはさせぬ」

そう言うと、梅王丸は審判役に一礼し、千夏とともに座敷を出た。料理道具などを片付け、店の外に出ると、空には千夏の笑顔のようにまん丸な満月が輝いていた。

「よかったのう。わしの目に狂いはなかった。勝つと信じてはおったが、やはり、おまえは本ものの料理人だ」

毘沙門屋から帰る道すがら、梅王丸は千夏にそう言った。

「へっへっへっ……そこまで言われたら照れるなあ」

「十分な支度をしての勝負ならばともかく、直前に材料を台無しにされたうえでの

咄嗟の料理……並の料理人ではできぬことだ」

「あれは、おっちゃんが今夜はお月見や、て教えてくれたから思いつけたんや」

千夏は空にかかる満月を見上げながらそう言った。ふたりは一旦梅王丸の長屋に行き、料理戦の勝利を報告して皆から祝福を受けた。興奮の余韻が覚めぬ千夏は、戦の経緯を熱を込めてつぶさにしゃべった。

「えらいのう。わしも勝つとは思うておったが……」

「あたいも信じてたよ」

「これで欣也って悪もお上が裁いてくれるだろうぜ」

口々に褒められて千夏の笑顔はいっそう輝いた。

「ほな、うち、帰るわ」

「まだよかろう。今日はうれしい日だぞ」

「もうへとへとや。帰って寝るわ。お仏壇のおとんにも知らせなあかんし……」

「ならば、長屋まで送っていこう」

ふたりは千夏の長屋へと向かった。木戸のまえで千夏は梅王丸に、

「ここでええわ。おっちゃん、いろいろおおきに。おっちゃんと皆さんのおかげで勝てました。ほな、おやすみなさい」

おじぎをして梅王丸と別れ、

「あー、しんど。けど、勝ててよかったわ。おとんの仇も討てた。欣也は、お奉行さまが裁いてくれはるやろ」

家に入った千夏は、行灯に火を入れた。

「えっ……」

千夏は口から声が漏れた。家のなかがめちゃくちゃに荒らされているのだ。もともと料理道具のほかにはあまりものを持っていない千夏だったが、それでも水屋や箪笥の引き出しはすべて開けられ、中身があたりに放り出されていた。火鉢もひっくり返され、灰が一面に飛び散っている。しかも、畳も剝がされたうえに刃物でずたずたに切り裂かれ、天井板も壊されている。水壺やカンテキも叩き割られ、へっついのなかの灰まで搔き出されている。罰当たりなことに神棚も床に落とされ、父親の位牌を置いた小さな仏壇もばらばらにされている。土間に置いてあった野菜も引きちぎられたり、折られたりして、なかになにか押し込んでいないかを調べた形跡があった。無事なのは生卵ぐらいのものだ。なにものかが忍び込み、家捜しをしたことは明らかだ。千夏は震えてきた。

「だれがやったんや……」

口に出してそう言ったとき、

「おいらだよ」

背後からそんな声がして、千夏はいきなり大きな手で口をふさがれた。

「逃げられただと？」

梅王丸は怒鳴った。翌朝早く、欣也を西町奉行所に連れていくため会所に行ったが、町年寄に、そんな男は預かっていない、と言われたのだ。金埜茂左衛門という与力が連れてきたはずだ、と言うと、

「金埜さまは昨晩はお越しやおまへんな」

呆然とした梅王丸は西町奉行所に足を運び、金埜茂左衛門を門前まで呼び出したのだ。

「あはははは。いやあ、すまぬすまぬ。ちょっと目を離したすきに、欣也とやらに逃げられてしもうた。まあ、下手人と決まったわけでもなし、しかたあるまいのう」

金埜は笑いながら言った。

「わざと逃がしたな」

「そんなことはない。うっかりしておっただけだ。では、わしは御用繁多ゆえこれにして失敬する」

そう言うと金埜は奉行所のなかに入ってしまった。梅王丸はハッとした。

(いかん……千夏の身が危ない……)

梅王丸はあわてて千夏の長屋へと向かった。なかに入ると、めちゃくちゃに荒らされている。梅王丸は、毘沙門屋の座敷で千夏が漏らした「お袖さんて、ちょっとまえにうちを訪ねてきたで」という言葉を思い出した。

(欣也だ。やつが、お袖がなにかを千夏に託したと思うて家捜しをしたのだ……)

近所のものにたずねると、昨日から帰っていない、との返事である。

(しまった……欣也が牢にいると思うて油断しておった。ということは、わしと木戸口で別れたあとすぐにかどわかされたのか。家のなかまで入るべきだった……)

梅王丸は地団駄を踏んだ。

「お袖からなにか預かっただろう。どこへ隠した」

薄暗く黴臭い場所で欣也は千夏を脅していた。千夏は縛られ、柱に両腕を縄でつながれていた。何度も叩かれたらしく、顔は赤く腫れあがっていた。ここは尚白寺という廃寺で、荒れ果てて狐狸の棲み処となっていた。

「卑怯もん。ほんまにあんたは汚いことするなあ。ひと殺しのつぎはかどわかしか」

「なんとでも言いやがれ。おいら、おめえに負けたせいで毘沙門屋にクビにされちまった。新・新町の料理屋の花板になる話もおじゃんだ。とても上方にゃあいられねえ。ほとぼりが冷めるまで江戸に戻ってまき直しするつもりなんだ。行きがけの駄賃におめえをここでバラしてもいいんだぜ。殺されたくなかったら吐いちまえよ」

「江戸に逃げても、うちがお袖さんから預かったもんをお役人が見たら、あんたは磔やで」

「やっぱり預かってやがったか。あの女……なめた真似しやがって」

欣也は千夏の胸ぐらをつかみ、

「言えよ！　なにを預かって、そいつをどこに隠した」

「死んでも言わん」

「おめえの家を隅から隅まで捜したが、それらしいものは見あたらなかった。お袖の親類の家にもねえ。となると……もしかしたら、あの梅王丸ってやつのところか?」

「うちは、お袖さんが死んだこと、料理勝負のあとにはじめて聞いたけど、梅王丸のおっちゃんはまえの晩に知っとった。もし、おっちゃんに預けてるんやったら、まえの晩にお役人に渡してるはずやろ」

欣也は舌打ちをして、

「ガキのくせに理屈ばかりこねやがって……おめえみたいにマセたガキを見てると腹が立ってくるんだよ」

「しゃあないやろ。あんたにおとんを殺されたあとひとりで生きていかなあかんかったんや」

「やかましいやい!」

欣也はふたたび千夏をひっぱたいた。

「俺はおめえの親父が目障りだったんだ。たしかに腕はおいらよりずっとうえだった。料理勝負で一旦引きずり下ろしたとしても、すぐにまた花板に戻っちまうだろう。おいらはあの店で一番になりたかったのさ。それに、あの野郎はおいらがあのときなにをしたか見抜いていやがった。卯之助の料理を台所から運ぶあいだに、仲居頭だったお袖をたらし込んで大黄っていう下し薬を振りかけさせたのよ。残った料理はすぐに捨てさせ、皿なんぞも洗わせたが、卯之助はおいらのところに来て大黄のことを店の主に訴える、と抜かした。それを聞いた主がお奉行所にでも届け出たらいろいろ調べられて厄介だ。板前として自分がしでかしたことを悔いた卯之助が自害する、てえ筋書きにしておくためには、殺すしかなかったのさ」

「やっぱりあんたが殺したんか……」

千夏の声は震えていた。

「証拠はねえはずだった。だが、お袖がなにかを握ってるとしたら、それはおいらの命取りになるかもしれねえ。だから……」

欣也は匕首を抜いて、千夏の喉に突き付けた。

「隠し場所を言ってもらおうか。おいらは気が短えんだ。おめえみてえなガキを殺すのはいくらなんでも気が引けるが、おめえはこどものなりをしたおとなだからかまやしねえだろう」

千夏はしばらくのあいだなにやらじっと考えていたが、突然、わあわあと泣き出した。

「お？　どうしたい？　急に怖くなったのか？」

「うち、死にとうないさかい、ほんまのこと言うわ。お袖さんから預かったもん、梅王のおっちゃんのとこにあるんや」

「おめえ、さっきはねえって言ってたじゃねえか」

「あるんやけど、そのことを梅王のおっちゃんは知らんのや。うちが勝手にこっそり隠してきたのやさかい……」

「ほう……なるほどな。おめえならそれぐらいやりそうだ。——てえことは、おめえを餌にして梅王丸に預かりものを持ってこさせりゃあいいんだな。隠し場所はどこだ」

「たんすの引き出しや。小さく折り畳んだ紙が入ってる」

「ふふふ……最初(はな)からそう言やあおいらも手荒な真似せずにすんだのに、馬鹿な娘だぜ」

そう言うと欣也は紙を広げ、なにやら書きはじめた。

梅王丸は怒りのあまり歯をガチガチと嚙(か)み鳴らした。投げ文があったのだ。欣也

からのもので、千夏をかどわかしたこと、千夏が梅王丸の家のたんすの引き出しにお袖からの預かりもの（小さく折り畳んだ紙）を隠したこと、今夜中にそれを尚白寺に持ってこなければ千夏を殺すこと、かならず梅王丸ひとりで来ること……などが書かれ、「町奉行所に届けたら千夏の命はないと思うべし」と締めくくられていた。梅王丸の家には、お蜂、玉太夫、重松、鳥助、ひょろ吉らが集まっている。お蜂が、

「これは罠じゃないかねえ」

ひょろ吉が、

「わたいもそう思う」

玉太夫が、

「して、その『預かりもの』とはなんなのじゃ」

梅王丸はかぶりを振り、

「わからぬ。たんすのなかに折り畳んだ紙など見あたらぬのだ。千夏の勘違いかと思うてほかも捜してみたのだが、どこにもそのようなものはない」

重松が、

「だとしたら……これは千夏ちゃんの計略かもしれねえな」

「どういうことだ」

「欣也に責め折檻されて、親方の家にあるって嘘をついたんだ」

「なんのために？　苦しまぎれにか？」

「いや、そう言えば欣也は親方に手紙を出すだろう、と踏んでのことだ。そうなりゃあ自分は尚白寺ってところに捕らわれてるってことが親方に伝わる。親方なら、きっと自分を助けてくれると思ったに違いねえ」

それを聞いた梅王丸は拳を握りしめて立ち上がった。鳥助が、

「どないしますのや」

「寺に乗り込む」

「けど、ほんまは預かりものなんか持ってまへんのやさかい、乗り込んでもどうにもならんがな」

ひょろ吉も、

「向こうは親方が来るのを手ぐすね引いて待ってるはずや。ここはやっぱりお奉行所に届けたほうが……」

梅王丸はかぶりを振り、

「欣也は、町奉行所に届けたら千夏を殺すと言うておる」

お蜂が、

「そんな約束あてになるもんかね。相手は名代の卑怯もんだよ。向こうは千夏ちゃんを返す気なんかないよ」

ひょろ吉も、

「そやろな。ものを取り戻したら、千夏ちゃんも親方も殺してしまうつもりやろ」

「そうかもしれぬ。だが、向こうの言いつけを守らず、そのせいで千夏が一命を失うことは避けねばならぬ」

重松が、

「じゃあせめて俺たちがお供しますぜ」

「ダメだ。投げ文には、わしひとりで来い、とある」

お蜂が、

「もうっ、親方は頑固すぎるよ！」

梅王丸は笑って、

「もし、わしや千夏に万が一のことがあったら、そのときこそあとを頼むぞ」

そして、押し入れから黒光りする大きなものを取り出した。鉄でできているらしい南蛮兜で、左右に牛の角のようなものが突き出している。西洋の海賊が使用していたものらしいが、古道具屋で埃(ほこり)をかぶっていたのを買い求め、鋳掛屋に修繕させたのだ。梅王丸はそれをかぶり、長押(なげし)に掛けてあった槍(やり)を手に取った。これもただの槍ではなく、先端が三叉(みつまた)になっている。

「うおお、親方、ひさびさにご出陣だすか！」

　鳥助が叫んだ。

「おお、馬曳(ひ)け……ではない、牛曳け！　牛車(ぎっしゃ)の支度だ！」

　梅王丸は吠(ほ)えるようにそう言うと、家を走り出た。ほかの五人もあとに続いた。

　彼らは慣れた手つきで隣の牛舎から牛若丸を引き出したあと、そのまた奥にある小さな蔵から一台の乗りものを運び出した。大きな車が左右に一枚ずつ付いており、そのうえに箱状のものが載せてある。二本の長い棒が前方に延び、その先に軛(くびき)という横木がある。この軛を牛若丸の首に取り付けた。

「親方、支度万事整いましたで！」

「うむ！」

　漆なども剝(は)がれてぼろぼろの外観だが、たしかにそれは「牛車」であった。梅王丸は後ろから箱に乗り込むと、御簾(みす)を跳ね上げ、

「では、行ってまいるぞ！　向かうは尚白寺だ。進め、牛若！」

牛若丸はしずしずと歩き出したが、次第に速度を上げ、通りを疾走しはじめた。梅王丸を見送った長屋の連中は、

「あいかわらずかっこええなあ」

「ほれぼれするぜ」

「あんな牛車の使い方してるお公家さん、聞いたことないねえ」

鳥助が、

「おい、みんな。親方ひとりだけ行かせてええのか」

ひょろ吉が、

「けど、親方がついてくるな、て……」

「わてらは今日、たまたま尚白寺のほうに用事がある。ぶらぶら歩いてたら寺があったさかい、ちょっとのぞいてみる……ゆうのはどや」

お蜂が、

「そりゃいい思案だ。あたいは一枚乗るよ」

「わてもや」

「わしもじゃ」

「俺もだ」

こうして衆議が一決した。

千夏を囲んで十人ほどの男たちが座っている。ひとりは欣也で、大きな湯呑みで酒をがぶがぶ飲んでいる。浪人がひとり混じっているが、あとは皆、ヤクザ風の連中だ。赤蛇の縞蔵もおり、ちびちび酒を舐めながら、

「ほんまにあの男、ひとりで来るのやろな」

縞蔵が言った。

「ひとりで来なけりゃ娘の命はねえ、と念押ししてある」

「町奉行所の捕り方がどーっと押し寄せてくるとか……」

「それも書いた」

「あのなあ、わしはあんまりおまえに関わりとうないのや。おまえはもう、毘沙門屋から見放された男やさかい、わしら、おまえを助けたる義理はない。梅王丸がひとりで荒れ寺に来るから寄ってたかって叩きのめしてくれ、金はたっぷりはずむ、ゆうから小遣い稼ぎのつもりで来てみたら……こんな娘をかどわかしとるとは聞いてなかったわ」

「おいらはもうふたりもひとを殺めちまった。かどわかしぐれえなんでもねえこった」

「言うとくけど、かどわかしの罪は重いのや。わしら、磔だけはごめんやからな」

「へへ……親分さん、あんたとおいらはもう一蓮托生だぜ」

　それを聞いた縞蔵がぶるっと身体を震わせたとき、矢継ぎ早になにかを叩きつけるような激しい物音が轟き、地面がぐらぐらと揺れた。

「な、なんや……？」

「大地震か？」

　一同がうろたえるなか、

「ぶもーおおおおおっ！　もおおおっ！　もおおおおっ！」

　獣のものとおぼしき咆哮が聞こえたかと思うと、

「長屋王梅王丸推参なり。欣也とそれに加担するものども、出会え出会え！」

「来よったで！」

　縞蔵たちは匕首を抜いて身構えた。欣也は刃物を千夏の首に押し当て、

「来るなら来やがれ。こっちには人質が……」

　いるんだ、と言おうとしたとき、本堂の扉がいきなり左右にぶっ飛び、騒音とと

もに巨大ななにかが突入してきた。それはヤクザたちを吹き飛ばし、床に叩きつけた。

「ぶもおおおおっ！」

「う、牛や。なんで牛がおるのや」

「わからん。もうめちゃくちゃや！」

「痛い、痛い、骨折れた！」

梅王丸の乗った牛車は、狭い本堂のなかを走り回り、ヤクザたちに体当たりをかまし、車で踏みにじった。浮足立つヤクザたちのまえで牛車は止まり、なかから梅王丸が現れた。

「おっちゃん、来てくれたんか！」

柱に縛られた千夏が言った。

「ひどい目に遭うたな。今、救うてやるぞ」

そして、縞蔵たちに向き直り、

「小児をかどわかすとは許せぬ。貴様ら全員串刺しにしてくれる」

梅王丸はそう叫ぶと、三叉槍を風車のように振り回しながら突進した。

「危ない……危ないて」

ヤクザたちは飛びのいた。すでに腰が引けている。

「新吉、留、行かんかい！」

縞蔵が怒鳴ったが、

「アホな……わてら、やっと目が治ったとこだすがな」

「多少の小遣いと引き換えに命落としとうない」

縞蔵は、

「こうなったらわしが……」

と匕首を構えなおしたが、その頭上すれすれのところを槍の刃が通過し、髻が切れてざんばら髪になった。

「ひいいいっ……こらあかん。先生、頼んます」

浪人は刀を抜いたが、憤怒の形相ものすごく突撃してくる梅王丸の猛烈な勢いのまえにへっぴり腰になり、

「わしも逃げる。おまえも逃げろ」

そう言うと、駆け足で本堂から飛び出していった。ヤクザたちがちりぢりになったのを見て舌打ちした欣也は、

「どいつもこいつも頼りにならねえ野郎どもだ。——おい、梅王丸。派手に暴れて

くれたが、こっちにゃあ人質がいるのを忘れるなよ。例のものは持ってきただろうな。こっちへ寄越せ。人質と引き換えだ」

梅王丸はふところに手を入れ、

「預かりものはここにある。まずは千夏の縄を解け」

「なにを言ってやがる。そいつをこっちにもらうのが先だ。でないと、このガキをブスリと行くぜ」

「外道め」

梅王丸はちら、と天井を見た。そして、うなずくと、

「わかった。言うとおりにしよう。取りにまいれ」

そう言って、ふところから折り畳まれた一枚の紙を取り出し、ぽい、と欣也のまえに放った。欣也は、数歩進んでそれをひったくると、

「へっへっ……おいらが人質を返すと思ったかい？　そんなことをしたらおめえの槍が飛んでくるにちげえねえ」

「わしは嘘はつかぬ」

「信用ならねえ。このガキは連れていくぜ。悪く思うなよ」

欣也は掴んだ紙を開いて目を落とし、

「な、なんだ、こりゃ！」

そこには髭面の梅王丸があっかんべえをしている戯画が描かれていた。

「だましやがったな！」

「わしは嘘はつかぬ……というのが嘘なのだ」

「くそっ、こうなったらやぶれかぶれだ。このガキをぶっ殺して……」

言いながら振り返った欣也は仰天した。縛り上げていたはずの千夏がそこに立っていたからだ。

「ど、どうして……」

「おとんの仇や！」

千夏は太い棍棒を振り上げ、振り下ろした。欣也は白目を剝いて伸びてしまった。

「おっちゃん……！」

千夏は梅王丸に抱きついた。

「顔が腫れておる。ひどい目に遭うたのう。だが、もう大丈夫だ」

柱の裏から鳥助が現れ、

「言いつけを守らいですんまへん。けど、どうしても来たかったさかい……」

「おまえが屋根を外して天井の梁に潜んでいることに気づき、わしも大胆にふるまえたのだ。わしひとりでは無理だったと思うぞ」

こっそり梁から下りた鳥助は、欣也が梅王丸の放った紙を取りにまえに出た一瞬を狙って千夏の縛め（いまし）を解いて、棍棒を手渡したのだ。梅王丸は気絶している欣也の首筋に槍の先端を向けた。

「おっちゃん、殺したらあかん！」

「殺すのではない。こうするのだ」

梅王丸は欣也の着物の襟のところを槍で貫くと、よっこらしょと持ち上げ、欣也をぶら下げたまま槍を肩に担いだ。

「今度こそ会所に連れていくのだ」

梅王丸たちは本堂の外に出た。そこでは長屋の連中が待っていた。

「おまえたちも来ていたか」

お蜂が、

「たまたまみんなこっちに用があってさ、この寺のまえを通りかかったらなんだか面白そうなことをやってたから入ってみたのさ」

重松が、

「外に飛び出してきたヤクザたちを俺たちで叩（たた）きのめしたら、あいつら泣きながら逃げていったぜ。弱いヤクザだ」

千夏は皆に頭を下げた。

「みんなおおきに！」

顔は多少腫れが残っていたが、声は元気ないつもの千夏だった。

「さあ、帰るぞ」

梅王丸は千夏を牛車に乗せ、おのれは付き人のようにその横を歩いた。往来のものたちは槍の先に人間をぶら下げた梅王丸の姿に仰天して道を開けた。

「わっはっはっはっ……愉快愉快」

梅王丸は高らかに笑った。

◇

袖が千夏に託したものは意外な場所に隠してあった。千夏が家から持ってきたのは一個の生卵である。受け取った梅王丸が小鉢のうえでそれを割ってみると、黄身、白身に混じって油紙にくるまれた一寸もない大きさのものが現れた。千夏が玉子の殻に小さい穴を開け、そこに押し込んで、白紙で塞ぎ、ほかの玉子と混ぜてざるに積んでおいたのだ。油紙に包んであったので濡れる心配もなかった。さすがの欣也も、生卵は見過ごしたのである。

梅王丸が油紙を取り去り、中身を広げてみると、それは二枚の紙で、一枚は思ったとおり、ある町医者から大黄を買い付けたという受け取り状だった。購入者の欄には「春暦板前欣也」とはっきり記されていた。袖は、欣也の悪事に加担したときに、将来もしなにかあったときの保険に、とこの受け取りを取っておいたのだろう。もう一枚はたどたどしい筆跡で「うのすけころしはきんやのしわざにそういなしそで」と書かれていた。

梅王丸は会所に赴き、欣也を仮牢に入れた。そして、翌日、袖の託した二枚の証拠を携え、町役たちとともに欣也を西町奉行所に連れていき、与力米倉八兵衛に引き渡した。長屋に戻ってきた梅王丸は待っていた千夏に言った。

「これで欣也は再吟味にかけられよう。あとは、お上に任せるのだ」

千夏はうなずいた。

「のう、千夏。今住んでおる長屋を引き払って、ここに住まぬか。おまえのように珍商売をしておるものに住んでもらいたいのだ」

「おっちゃんはなんで珍商売のひとを集めてるの？」

「では、そのわけを話そう。まえにも言うたとおり、わしは公家の出だが次男坊でな、家を継ぐことはできぬゆえ、江戸で剣術を習うたり、治水術や本草学を学んだり、長崎でシーボルト先生から蘭学を学んだり……といろいろ無茶なことをしておった。わしの兄はそれが気に入らず、じっとしておれ、公家らしくしろ、茶の湯や歌道を学んでおればよい、といつも怒鳴り散らしていたが、あるときとうとうたまりかねたらしく、理由をでっちあげてわしを家から追い出してしまった。それからはひとりで知恵を絞って生きていかねばならぬ。わしが珍商売に興味を持ったのはそのときからだ」

「そやったんか……」

梅王丸が最初に手掛けたのは、「親孝行」という商売だった。江戸でそういうことをしているものがいる、と聞いたので真似をしたのだ。背中にハリボテで作った年老いた親の人形をくくりつけ、「親孝行でございます」と呼ばわって歩くと、通りがかったものが金をくれる、というものだ。

「公家たるものがこんな物乞いの真似を……とはじめは思ったが、やりだすと面白い。だが、やはり自分が考えた商売でないと……と思い、やめてしまった」

「ありゃー」

「つぎにはじめたのは『傘差し掛け屋』だ。雨の日に両手がふさがっているものに傘を差し掛けて目的地まで送り、いくばくかの謝礼をもらう」

「それはよさそうやな」

「ところが晴れの日には一文も儲からぬ。すぐにやめた」

「あはははは……」

「そのつぎは『墓参り屋』だ。墓石のハリボテをこしらえて、『墓参りさせましょう』と声をかけて歩く。忙しくて、遠方の墓に参ることができぬものに、道端で墓参りの真似事をさせてやるのだ」

「それはあかんやろ」

「そのとおりだ。彼岸と盆ぐらいしか注文がないのだ。うっかりしていたわい」

その後もつぎからつぎへと珍商売を考えては試しているときに、聖徳屋呂平治という男と知り合った。呂平治は、みずからを「俳諧師」と称していたが、俳諧を教えたり、点取り俳諧をして生計を立てているわけではなく、ただただ俳諧が好きなのである。

「呂平治は、以前は大坂でも有数の米問屋の跡取りだったが、珍商売が大好きで、珍商売をしているものを見かけるとなにかと援助しておった。ところが大名貸しが過ぎて、お上に店を潰され、大坂を処払いされた。この男が京に出てきて、米の賃搗き屋をしておったのだ。わしの珍商売が気に入ってくれて、肝胆相照らす仲となり、しょっちゅう一緒に飲み食いしておった。わしは、稼いだ金はすぐに使うてしまうので、貯えは一文もなかった。そんなあるとき、母上が亡くなったという報せがあり、あわてて家に戻ると、兄は『兜小路家に迷惑をかけた面汚し』とわしをさんざん罵った」

「ひどいやん」

「古くからわが家に仕えているばあやにきいてみると、父上も病の床についているが、兄が医者に診せぬという。兄のところに行き、どういうことだと問いただすと、『うちは貧乏公家ゆえ薬代がないから仕方なかろう』と抜かしよった。医者への薬礼はいくらだ、ときくと、五十両だと言う。わしにはそんな金はとうてい出せぬ。とんだ親不孝で、『親孝行』などしておる場合ではなかったと気づいたがもう遅い。途方に暮れていると、それを聞きつけた呂平治がポン、と五十両を出してくれたのだ」

「太っ腹やなあ……」

呂平治の言うには、その五十両は店を始末したときに最後に残った彼の全財産だが、

「梅ちゃんの役に立つんやったら使うてんか」

「よいのか。借りても返すあてはないが……」

「かまへんがな。わてが持ってても、どうせ飲んでしまうような金や。ひと助けになるならけっこうやがな」

「そうか……。では、ありがたく貸してもらい、一生に一度の親孝行の真似事をさせていただく」

「そんなたいそうな……。今でこそこんな貧乏暮らししとるけど、大坂にいた時分は毎月三百両ぐらい遊びに使うてたんやで」

そういうやりとりのあげく、梅王丸は父親を医者に診せることができた。しかし、すでに病は重く、その後二ヵ月ほどして父親は亡くなった。

「とはいえ、わしが父上を医者に診せることができたのは呂平治のおかげだ。わしはその恩を返さねばならぬ」

「そらそやな……」

父親の葬儀を済ませた梅王丸に呂平治が、

「これからどうするのや、梅ちゃん」

「兄が家を継いだので、これであの家にわしの居場所はなくなった。さて、どうするか、と思案しておる」

「梅ちゃん、じつは大坂にうちの店が持ってた長屋がまだ残ってるねん。そこからの店賃の上がりで今のところなんとか食うていってる。八軒長屋、十軒長屋取り交ぜて棟割長屋が十棟ほどやけど……よかったらそこの家守をせえへんか？」

降ってわいたような話である。

「わては処払いになったさかい大坂にはおおっぴらには寄り付かれへん。梅ちゃんが家守してくれるんなら安心や。なんぼか礼金も出せると思うで。けど、期待せんとってや。住んでるもんは貧乏人ばっかりでな、わては、そういうひとの助けになりたい、ていう親父の言いつけを守って、できるだけ貧乏人に長屋を借りてもらうようにしてた。せやから、店賃もあんまりきつう取り立てんとってほしいんや」

「それはわしも同じ考えだ」

「けど、取り立てた家賃のなかからまずはお上に運上金を払わなあかん。それさえ払てくれたらあとは梅ちゃんの取り分や。――梅ちゃんやったら、あの長屋の連中を締め付けることなくうまいこと差配してくれると思う。どや、引き受けてくれるか」

「うむ、いかにも引き受けよう」

「ほな、わては行くわ」

「行くわって……どこに行く？」

「しばらく日本中をぶらぶらしてくるわ。わては芭蕉(ばしょう)先生みたいにあちこちを旅するのが念願やった。店が潰れたのを幸いに……というたら死んだ親父に叱られるけど、ふらりふらりと蛍みたいに行ったことのない場所へ行って、見たことのないものを見たり、食うたことのないものを食うたり、発句を作ったりしてみたいのや。――あとは任せたで。わて、あちこちで珍商売やってるやつ見てくるわ。ほな、さいなら」

もともと放浪癖があったらしい呂平治は、その言葉とともにどこかに消えた。呂平治の言いつけどおり、梅王丸は大坂に行き、こうして長屋の家守に収まったのだが、いつまで待っても呂平治は戻ってこないし、風の便りも聞こえてこない。そうこうしているうちに、毘沙門屋卜六郎が、新町を倍の大きさに広げるために聖徳長屋を地上げしたいと言い出したのだ……。

「けど、その沽券状(こけん)ゆうのがあるんやったら、向こうは手出しでけへんのとちがう？」

「わっはっはっ……それがだな、ここだけの話だが……」

梅王丸は声を潜めると、

「じつは沽券状はない」

「えーっ！」

「どこにあるかわからぬのだ。少なくとも、この長屋にはないようだ。ありかは、陸奥(みちのく)呂平治しか知らぬ。それゆえなんとか呂平治に戻ってきてもらいたいのだが、陸奥におるやら四国(しこく)におるやら筑紫(ちくし)におるやらとんとわからぬ。そこで、あいつが珍商売好きなところから、この長屋に珍商売をしている連中を集めることにしたのだ。大坂に、珍商売をしているものばかりが住んでいる長屋がある、という噂が呂平治の耳に届けば、ここに来る気になるのではないか……と思うたのだ」

「なーるほど。そういうことやったんか。——ほな、やっぱりもしうちが勝負に負けてたらえらいことになってたんやな」

「わしは、この長屋のことでは一か八かの賭(か)けをするつもりはなかった。おまえが負けるわけがない、と思うていた。そしてそのとおりになった。それでよいではないか」

「ふーん……」

千夏は、自分を信頼して任せてくれた梅王丸の気持ちに応(こた)えたい、と思った。

「それゆえ、おまえにここに住んでもらいたいのだ」

「ようわかったわ。それやったら、うちもひと肌脱がしてもらう。ただし、ひとつだけ条件があるねん」

「ほう……なんだ？」

「言いにくいなあ……」

「言うてみよ。叶えられることなら叶えてやるぞ」

千夏は顔を真っ赤にして、

「この長屋のどこかやのうて、ここに住みたいねん」

「なに？」

「おっちゃんと一緒にこの家に住みたいねん。なあ……あかんかなあ……」

梅王丸は大声で笑うと、

「もとよりそのつもりだったわい！」

「え？　そやったんか」

隣で牛若丸が、千夏を歓迎するように鳴いた。

二番勝負「だれにでも負けたる屋登場」

家の外で何匹もの犬が吠え立てている。

「これ！　あっちへ行け！　噛むでない！」

きいきい声の男が叫んでいる。

「武士に噛みつこうとするとはけしからぬ。斬るぞ！」

そんなことを言っても犬には通じない。なおも激しく吠えかかる。

「あっちへ行けと申すに！　痛いっ！　わしは犬は嫌いなのだ！」

「ぶもおおおおお……！」

「うわあっ、わしは牛も嫌いだ！」

半ば悲鳴のような声を上げて入ってきたのは十手を持った役人である。額が庇のように張り出し、その下に眉と目と鼻と口が一カ所にまとまっている。梅王丸はじろりとその男を見て、

「西町奉行所の金埜茂左衛門ではないか。おまえをこの長屋は歓迎しておらぬ。どこから石礫が飛んでくるまえに帰ったらどうだ」

千夏も眉根を寄せ、鋭い目つきで金埜をにらんでいる。ふたりの小者を従えた金埜は、

「ところが帰るわけにはいかぬのだ。お上の御用でな」

「なに……？」

「わしの調べでは、この聖徳長屋はしばらく町役と公役を払うておらぬようだな」

町役というのは、大坂の町人が分担すべき町会所や町内の橋の修繕費に当てる金であり、公役というのは、町奉行所や惣会所の運営、火の用心など大坂全体に関わる費用のことだ。大坂は徳川家から地子銀（固定資産税）の支払いを免除されていたが、町役と公役は支払わねばならぬ。その義務があるのは長屋の家守以上で、長屋の住人（借家人）は払う必要はなかったが、それは家守が徴収する長屋の家賃のなかに含まれていたせいである。

「それは……支払うつもりはある。ただ、今は手元不如意ゆえ待ってもろうておるのだ」

「そのような言い訳が通ると思うか。わしの調べでは、町役、公役の滞納は全部で

二十五両ほどだ。今すぐ耳をそろえて払えばよし、もし払えなければ、この長屋はお上が差し押さえることになる」

　聖徳長屋は珍商売の連中が住んでいる棟だけではなく、十ほどの棟割長屋が集まっている。それらを全部合わせると町役、公役の合計がそれぐらいになるのだ。

「お上が……？　毘沙門屋ではないのか」

「一旦お上が差し押さえたうえで、公共の事業のために毘沙門屋に払い下げるのだ」

「おまえは定町廻りだと思うていたが、なにゆえ地所や徴税のことに首を突っ込むのだ。担当の与力に任せておけばよかろう」

　金埜はウッと詰まったが、

「われらはたかだか三十名で二十五もの役職をまかなっておる。一人が数個の役を兼務するのは当たり前で、わしは地方役与力も兼ねておるのだ。今度のお頭はひと使いが荒うてのう、仕えるわれらもなかなかきついわ」

「おまえは町奉行ではなく毘沙門屋に仕えておるのだろう」

「なんとでも言え。金ができなければ沽券状をもらう。わかったな」

「わかってはおらぬ」

長屋中の冷たい視線を浴び、犬に吠えられながら去っていく金埜を見つめ、梅王丸は太いため息をついた。

「勝ってほしけりゃ勝ちまっせえ。負けてほしけりゃ負けまっせえ。なんぼでも負けまっせ。だれにでも負けまっせ。駒落ちあり、待ったあり。お金はふところ次第。さあ、勝負、勝負！」

けったいな売り声を声高に叫びながら、ひとりの男が大坂の市中を歩いている。担ぎの商人かと思いきや、籠も屋台も肩に載せていない。手ぶらである。ただし、背中に「だれにでも負けたる屋」と大書した幟を背負っている。南勘四郎町を通っていると、

「おーい、おーい、寄ってんか。うちの旦さんがお呼びだっせ」

一軒の商家から丁稚が顔を出して手招きをしている。界隈ではひときわ目立つ大店である。

「へえ、だれにでも負けたる屋でおます。お呼びいただいたのは……ああ、大松屋はんだすか。今、参ります」

三十歳手前ほどの垂れ目の男は早足になり、ほくほく顔でその店に入った。

「こないだから旦さん、今日は旧太郎は来てまへんか、今日は見かけまへんか、今日は通りまへんか……ゆうてうるさい、あ、いや、お待ちかねだすさかい、そのまままずずっと奥へどうぞ」

「へいへい、勝手知ったる他人の家。上がらせてもらいます」

だれにでも負けたる屋の旧太郎というその男は、まっすぐに主のいる座敷を目指した。

「旦さん、旧太郎でおます。いつもいつもご贔屓ちょうだいいたしまして……」

「おお、旧さんか。待ってたのや。さあ、一番行こか」

瓜実顔の生白い男が言った。大松屋の主龍右衛門である。目のまえには足つきの分厚い将棋盤がある。本榧製でおそらくたいそう高額なものだろう。

「旦さんも将棋がお好きだすなあ」

男が言うと、

「わては将棋、囲碁、双六、丁半博打……勝負ごとならなんでも好きやが、やっぱり将棋がいちばんやな。碁将棋に凝ると親の死に目に会えんというけど、うちはふた親とも死んでしもたさかいもうええのや。世のなかには骨董や書画に千両、万両費やすかたもおる。茶屋遊びに湯水のように金を使うかたもおる。贔屓の相撲取りや歌舞伎役者に祝儀やりすぎて、店潰すかたもおる。わてにとって勝負ごとゆうのはそれと同じやな」

「ほな、旦さんは女子には執心はおまへんのか。たしか御寮人は三年まえに亡くなりはって、それ以来独り身やと聞いとりますけど、色町に通うてはるわけでもなさそうやし……」

「番頭やら親類やらが、のち添えを持て、とうるさいのやが、わてはそんな気はないのや」

「ほな、勝負ごとひと筋だすか。いやー、ご立派」

「ほっほっほっ……じつは女子も好きなんや」

「なんじゃいな」

「色町の女子には手ぇ出さんけど、素人をくどくのは大好きや。玄人は金で言うこときくけど、素人はそうはいかんやろ。そこがおもろいのや」

「はあ……なるほど」

「今はある女に懸想しとってなあ、これがまあ、震えがくるぐらいええ女子でな……」

そう言って龍右衛門は舌なめずりをした。

「なんや、ほめて損しましたわ」

「妾にしたいと思とるのやがどうしても首を縦に振らん。それをなんとかしようとあの手この手でじわじわ攻めとる最中や。これもひとつの勝負ごとやで。――そんなことより、さあ、一番行こ。今日はちょっとした趣向があるのや」

「趣向てなんだす?」

「あとでわかるわ」

「商売だすさかいわてはなんぼでも指しますけどなあ……今日は勝ちまひょか、それとも負けでいきまひょか」

「なに言うとるのや。勝つか負けるかわからんさかい『勝負』というのや。わては勝つ気や。いつものように、おまはんも勝つつもりでやってくれ」

「駒落ちもなしだすか」

「当たり前やがな。平手でないと勝ったことにはならん。わざと負けてもらうやなんて論外や」

「それが、世のなかには、負けてほしいちゅうおかたがごまんといてまんのや。それで、わての商売がなりたっとるわけで……。こないだなんか、さるお大名のご家来衆に頼まれて、お殿さまと十番指して十番とも負けましたけど、あれはええお金になりました」

「そういう連中と一緒にせんとって。わてはあくまで、おまはんにいっぺんでええから勝ちたいと思うとるのや」

「そこだけは旦さんのえらいとこだすなあ」

「『だけ』は余計や。おまはんとはえーと……」

「五十二戦五十二敗だす」

「そや。それだけ負けとるのやが……今日は勝つでえ。『将棋之理』という徳田橘内先生の詰将棋の本を買うて勉強したのや」

「へー、徳田橘内のことをご存じだすか」

「あたりまえやないか。あの本は将棋好きのあいだではえろう評判になった。だれの弟子ともわからんが、将棋界に彗星のごとく現れたおかたや」

「江戸の御三家とも関わりないらしいし、どこに住んでるのかもようわからんそうだすな。版元から考えて、江戸やのうてこちらのおひとやと思います。あの本は御三家の伊藤看寿の『将棋図巧』よりもようできとる。あそこに載ってる百番を全部解いたとしたら旦さんもすごいわ」

「いや……解けたのは最初の二、三問だけや。けど、勉強にはなったで」

「そらよろし。わてはあの『将棋之理』ゆう本があんまり上出来やさかい、徳田橋内先生に手紙を出しましたのや。機会があれば一度お手合わせしてみたい、いうて」

「えっ、おまはん、徳田先生がどこに住んでるか知ってるのか」

「知りまへんさかい、京にある『将棋之理』の版元に送ってみましたのやが、なしのつぶてで……」

「あたりまえやがな。おまはんみたいな流しの将棋指し、えらい先生が相手にするかいな。——まあ、それぐらいわては今日のために勉強した、ということや」

「へへへ……ほな、遠慮のう勝たせてもらいまっさ」

負けたる屋の旧太郎は「将棋指し」である。いくばくかの金をもらって将棋の相手をする。客が、

「負けてくれ」

と言ったら負けてやる。それも、ただただ下手に指すのではなく、いい勝負をして、客が「負けそうだ」と思った瞬間、しくじりの一手を指して、ぎりぎりのところで負ける。客はスカッとする。逆に、

「負けんでもええ」

と言われると、今度は紙一重のぎりぎりのところで勝つ。圧勝はしない。しかし、それがどんな強い相手に対してでも同じなので、本当はどのぐらい強いのかわからない。

「勝ったら一朱や。ええな」

「心得とります」

ふたりは駒を並べ、指し始めた。中盤、龍右衛門が優勢に対局をすすめていた。

「どや、調子ええやろ」

「ほんまだすなあ。旦さんはやっぱりお強い。素人三段いうところだすやろか」

「ほっほっほっほっ……」

龍右衛門は角で王手をかけた。もちろん旧太郎は防いだが、それをきっかけに龍右衛門の角が暴れまわり、旧太郎はかなりの駒を失った。

「今日という今日は勝ったのやないか？　おまはんがなんぼ強いというたかて、ここから挽回するのはちょっと無理やろ。わての棋力を甘う見過ぎたみたいやなあ。

——これでどや」

「うわあ、そっちからの王手だすか。こらきつい……。けど、こないしたらどうだすやろ」

　パチリ。

「そんなもん、こないしたらええがな」

　パチリ。

「けど、こっちにこいつがいてまっせ」

「あ……待った」

「へえ、どうぞ」

「ここにこれを張ったら……」

「香車（やり）のえじきだす」

「うーん……」

　龍右衛門はしばらく考え込んだあと、

「わかった、ここや！」

　飛車を成りこませて王手をかけた。

「ほっほっほっ……どや！　勝負あったのとちがうか？　ほほほほ……おーほほほほほ……」

「うわあ、かなんなあ……困ったなあ……せやけど、お？　その王手、こういう具合に防いだら、わてのほうも王手にもなってますわ……」

ぱちり。

「な、なんやと？　こ、こ、これは……」

「すんまへん。詰みました」

「うぎゃあああ……しもた！」

「どないします？　待ったしますか？」

龍右衛門は手駒をぶちまけて、

「もうええわい。くそっ……今日もおまはんの手にうまうま乗ってしもた。途中まではほんまに『勝つのとちがうやろか』と思わせるだけ腹立つのや」

「つぎは負けまっせ」

「いらんわ！」

「すんまへんけど、一朱……」

「持ってけ」

「おおきにはばかりさん。これで旦さんとは五十三戦五十三勝だす」

旧太郎が押しいただいて金をふところにいれようとしたとき、

「もうひと勝負や」

と龍右衛門が言った。

「珍しい。旦さんはいつも一番しか指しはらへんのに」

「けど、相手はわてやない。べつのもんや。かめへんか？」

「もちろん、わてはだれとでも指しまっせ」

「たまたま今日、商売仲間が来ててな、その御仁がえろう将棋が好きなのや。わてよりも強いかもしれん。その男といっぺん勝負してもらえんか」

「へえ、よろしおます」

龍右衛門が手を二回叩(たた)くと、女子衆(おなごし)がやってきた。

「森田屋(もりたや)の旦さんを呼んできとおくれ」

「承知いたしました」

まもなくやってきたのは、宗匠頭巾(そうしょうずきん)をかぶった品の良さそうな男だった。

「この御仁は江戸で茶道具屋を営んではる森田屋宗五郎(そうごろう)さんゆうおかたや。わて同様、将棋が好きでな。腕はわてよりずっとうえや。京にはしょっちゅう仕事で来てはるのやが、たまにこうして大坂へも足を延ばして、わての将棋の相手をしてくれる。おまはんの話をしたらな、ぜひとも指してみたいというので、わてとおまはんの勝負がつくまで待ってもろてたのや」

ていう因果な病持ちでございまして、「森田屋と申します。将棋が三度の飯よりも好きとい

「森田屋と申します。将棋が三度の飯よりも好きという因果な病持ちでございまして、『負けたる屋』さんの話を聞いて、どうしても一番お手合わせを願いたいと思いまして、大松屋さんに無理申し上げてお頼みしたようなわけで……」

「ははあ、これが趣向だすか。無理やなんて、わてのほうは商売だすさかい、なんぼでも打ちますけどな……どないしまひょ」

「なにがです」

「わては勝ってもよろしいんか、それとも負けたほうがええのか……」

「はっはっはっ……いくら私が下手の横好きでも最初から勝ち負けが決まっている将棋はおもしろうない。勝つつもりで指してくだされ」

「わかりました。わては商売で将棋指しとりますんで、お金をいただきますけどよろしいか。旦さんやったら……なんぼにしときまひょ」

大松屋龍右衛門が、

「わてはいつも一局一朱払(はろ)とるさかい、森田屋さんもそれでええやろ。さあ、駒を並べた並べた」

振り駒をして勝負が始まった。森田屋宗五郎が先手、旧太郎が後手である。最初は探り合いのような雰囲気が続いたが、途中から宗五郎が俄然(がぜん)有利な展開になった。

龍右衛門はにやにや笑いながら盤面を見つめている。旧太郎はずっと押され気味である。いつものようにさくさく指していかず、宗五郎の一手一手に時間をかけて考えながら反応している。しかし、大駒もいくつか取られ、詰むのは時間の問題かと思われた。龍右衛門が、

「ほほほほ……旧さん、だいぶに旗色が悪いやないか。勝ってもええのやで」

　すると、旧太郎が感心したように、

「このおひと、なかなかお上手だすな」

　龍右衛門が血相を変えて、

「なんちゅう失礼なことを言うのや」

「ほう……お上手や、て言うのが失礼だすか？」

「いや、そういうわけやないけどな……」

「この一番、勝ってもよろしいのやな」

「ほほほほ……勝てるもんなら勝ってみなはれ」

「勝て、と言われれば勝ちまっせ。こちらは商売やさかい、ご注文どおり、どないでもします」

　龍右衛門は鼻で笑って、

「ここから逆転して勝てると思うてか。大言壮語もいい加減にせえ。――森田屋さん、ひとつこの男にお灸をすえとくなはれ」

森田屋はうなずいて、

「よろしい。相手がだれであろうと、勝ちたいと思えば勝てるし、負けたいと思えば負けられる……将棋というのはそんな甘いものではない。私もいささかあんたの増上慢ぶりに腹が立ってきました。上方の卑しい将棋指しでは及びもつかん上手が江戸にはいくらでもおりますのじゃ」

「ほな、勝ってもよろしいのやな」

「また、それを言う。どうぞ勝ってみなされ」

「へえ、承知しました」

対局が再開された。しばらくすると森田屋の顔から笑みが消え、かわりに脂汗がにじみ始めた。一手指すたびに戦局が微妙に不利になっていくのだ。鉄壁だった守りが崩され、飛車の侵入を許した。気が付くと王に危険が迫っていた。とうとう龍右衛門が、

「森田屋さん……」

と声を発した。

「うるさい。静かにせんか」

森田屋宗五郎はかすれた声で一喝し、つぎの手を指した。旧太郎が、

「それでよろしおますか」

「――なに？」

「わてが桂馬を動かしたら、あと十五手で……」

「あ……待ってくれ」

旧太郎は、

「それは『待った』ということだすか？　わては『待ったあり』でやっとりますさかい全然かましまへんのやが……」

「あ、いや、それは……」

森田屋は突き刺すような目で盤上を凝視していたが、自分が指した手をもとに戻した。龍右衛門もはらはらした様子でふたりを見つめている。森田屋はそれから長考に入った。赤かった顔が青ざめていき、口から出るのは呻くような声だ。そして、ときどき助けを求めるように龍右衛門のほうをちらちらと見る。やがて、耐えきれなくなった龍右衛門が旧太郎に、

「旧さん、頼む。――負けたってくれ」

その言葉を待っていたかのように、旧太郎はある一手を指した。それを見た森田屋の口からため息が漏れた。そこからまた戦局がころりと変わった。

「参りました」

そう言って頭を下げたのは旧太郎だった。森田屋はなにも言わず横を向いていた。

旧太郎は龍右衛門に、

「約束どおり一朱いただきまっせ」

龍右衛門がふところから金を盤のうえに放り出すと旧太郎はそれを押しいただき、

「ほな、わてはこれにて失礼します」

そう言うと立ち上がり、座敷を出ていった。そのあと、森田屋は龍右衛門に詰め寄り、

「どうしてくれる！　私の顔が丸つぶれだ！　もし、今の男が私がだれであるか気づいたら私の将来が……」

「心配いりまへん。先生のことは森田屋宗五郎やと信じとるはず……」

「これは、おまえごときが思うておるよりもたいへんなことなのだ。なんとかせねばならぬ」

「す、すんまへん。まさか八段の先生があんな男に負けるとは思うてもみんかった

もんで……」

「私もまさか負けるとは思っていなかった。だが、負けたのだ……」

「負けてまへんで。先生は勝ちましたがな」

「いや……負けた。それは私自身がいちばんよく知っている」

「ほかはだれも知らんことだす」

「いや……あの男は知っている」

「さっきは油断してはったのとちがいますか。もう一度対局したら、今度こそ勝てますやろ」

「わからぬ。本当はどれほどの力があるのかを見せぬ、底なし沼のようなやつだ。これ以上恥を上塗りするわけにはいかぬ」

森田屋宗五郎の声は震えていた。

◇

「勝ってほしけりゃ勝ちまっせえ。負けてほしけりゃ負けまっせえ。なんぼでも負けまっせ。だれにでも負けまっせ。駒落ちあり、待ったあり。お金はふところ次第。さあ、勝負、勝負！」

声を張り上げながら町を流していた旧太郎だが、だれからもお呼びがかからない。

「まあええか。今日は二朱もうかったし、当分働かいですむ。帰って酒でも飲もか」

旧太郎は心斎橋（しんさいばし）筋を北へと向かった。

（それにしても、さっきの森田屋とかいうやつ……なかなか上手（うま）かったな。久しぶりに手応（てごた）えのある将棋が指せた。負けろ、と言われたさかい最後は負けたけど、ほんまやったら勝ちたかったわい）

そんなことを思いながら歩いていると、一軒の煮売り屋があった。旧太郎はそこでこんにゃくの煮しめと叩（たた）きゴボウ、棒ダラなどを買った。酒のアテにするつもりなのだ。勘定を払おうとしたとき、ひとりの浪人体の侍がやってきた。茶色の着流しに、黒い大小を差している。かなり酩酊（めいてい）しているらしく、足もとがふらついている。

「おおい、親爺（おやじ）、酒だ。酒をくれ」

「お客さん、もうずいぶん酔うてはるみたいだっせ。今日はそのぐらいでおつもりにしときはったほうが……」

「やかましい！　客が酒を出せと言ってるんだ。素直に出せばよし、もし、四の五の抜かすと……」

浪人は刀の柄に手をかけた。

「かなわんなあ。出します出します」

親爺は泣きそうな顔をした。浪人は旧太郎のほうを向いて、

「そこの町人、なにを見ておる。わしの顔になにかついているか」

「いえ……なにも……」

「寄れい！」

狭いから向こうへ行け、というのだ。それはこっちの台詞だ、とは思ったが、巻き込まれてはいけない、と旧太郎がその場を去ろうとしたとき、急に浪人がよろけて旧太郎にぶつかり、くにゃくにゃと地面に倒れて砂だらけになった。

「ぶ、無礼もの！　町人の分際で許せぬ。そこへ直れ！」

「そんな無茶な……！」

旧太郎は弾かれたようにその場を逃げ出した。

「待て！」

「待ってたまるかい！」

酔いどれ浪人は追ってくる。酔っているはずなのに、脚は速い。

(追いつかれる……)

旧太郎は、適当な路地に入った。しかし、後ろから足音が近づいてくる。

(しまった……)

この路地は行き止まりなのである。しかも、ひと通りがまるでない。覚悟を決めた旧太郎はくるりと向きを変え、いきなりその浪人に向かって走り出した。浪人も、急に突進してくるとは思わなかったらしく、うろたえながら刀の柄に手を掛けた。旧太郎は持っていたこんにゃくや棒ダラなどを浪人の顔に叩きつけ、その脇をすり抜けようとした。上手くいくかに思えたが、浪人は刀を抜きざまに身体をねじり、旧太郎の背中に斬りつけた。着物が破れ、刃先が背中に食い込むのがわかった。

「ひええっ……!」

脚がもつれた旧太郎は、悲鳴を上げながらその場に転倒した。浪人は刀を大上段に構えて旧太郎に迫ってきた。旧太郎は地面を這(は)いずって逃げようとしたが、恐怖で身体が思うように動かない。

「ここがわての死に場所か。ああ、死ぬんなら布団のうえで嫁はんに看取られながら死にたかったな。けど、それにはまず相手を見つけなあかんわ。こんな往来で、酔っぱらった浪人に斬られて死ぬとは思わなんだ。なまんだぶなまんだぶ……」

口だけは達者に動く。

「ぐずぐず抜かすな。——死ねっ！」

浪人が刀を振り下ろした瞬間、なにかが空を切って飛び、浪人の顔面に激突した。がきっ、という音がして浪人は刀を落とした。それは大きな下駄（げた）だった。痛さに涙を流しながら顔を上げた浪人が見たものは、髭面（ひげづら）の大男が、

「ぐおおおお……！」

と雄叫び（おたけ）を上げながら彼に向かって突進してくる光景だった。相撲取りのように肥え太ったその男は、身体中の筋肉が盛り上がっており、まるで熊のように思えた。その勢いはものすごく、周囲には砂煙が上がっていた。浪人はあわてて刀を拾おうとしたが、遅かった。巨漢は太い右腕を水平に伸ばし、その巌（いわお）のように固い腕が浪人の鼻面にぶつかったのだ。

「ぎゃあああっ」

鼻血が出た。

「鼻が……鼻が……」

「もう一発お見舞いしようか」

巨漢は右腕をぶんぶんと振り回した。浪人は地面を転がって必死に刀を摑（つか）み、そ

れを杖にして立ち上がった。そして、ふところから懐紙を一枚取り出して丸め、鼻の穴に押し込んで血を止めると、大男に向かって刀を正眼に構えた。

「ほう……ちいとはできるようだな」

大男はにやりと笑い、すぐ横の土塀に何本か立てかけてあった竹棹を手に取り、びゅん、と素振りした。太い竹が鞭のようにしなるのを見て、浪人は青ざめたが、竹と刀では勝敗は明らかだと思い、

「ええいっ！」

思い切って大上段に振りかぶると、巨漢の首を狙って振り下ろした。巨漢は避けようともせず、竹を真横にしてその両端を握り、浪人の一撃を受け止めた。竹は真っ二つになったが、巨漢は二本の竹を浪人の両眼目掛けて投げ槍のように投げつけ、浪人がひるんだ瞬間、べつの竹棹をすばやく摑んで浪人の顔面目掛けて突き出した。浪人はかわそうとしたが、竹棹がぐんぐん近づいてくるのを目の当たりにしていながら、そのあまりの速度に避けることができなかった。竹棹の先端が彼の鼻柱を直撃し、鼻の詰めものがとれ、ふたたび大量の鼻血が噴き出した。

「うへえっ……！」

これで浪人は完全に戦意を喪失した。彼はぼろぼろ涙をこぼしながらうずくまる

と、ふところから大量の懐紙を取り出し、鼻を覆った。大男は旧太郎の腕を摑んで引き起こすと、

「逃げるぞ」

「へえ！」

　ふたりは路地から表通りへと走り出たが、浪人は追ってこなかった。念のために南御堂のまえまで行き、

「もうよかろう。――さっきからどうも歩きにくいのだが、足でもくじいたかな」

「それは、あんた……下駄を片っぽしかはいてないからだっせ」

「あ……そうだった！」

「あははは……あんた、面白いひとやなあ」

「まあ、よい。両方脱いで裸足になれば大事ない。――そんなことより、着物が破れて血がにじんでおるが、斬られたのか？」

「へえ……けど、たぶんかすり傷だす。もうなんともおまへんわ」

「悲鳴が聞こえたので行ってみたらおまえがあの男に斬られかけておったのだ。いったいなにごとだ？」

「えらい目に遭いました。煮売り屋で酒肴を買うてたら、あの酔いどれ浪人が来て、

急によろけて倒れよった。それを、わてのせいや、言うて刀を抜こうとしよったんで逃げ出したらさっきの路地に入り込んでしもたんだす」

「あいう手合いは迷惑至極だな。だが、かなりできるようだった。おそらく北辰（ほくしん）一刀流（いっとうりゅう）免許の腕まえだろう。奇襲戦法を使わなかったら危なかったかもしれぬ」

「そんな怖いやつだしたか。あんたが通りかかってくれて、ほんまに幸いやった……」

男はぶるっと震えた。

「妙な幟（のぼり）を背負っておるが、おまえはなにものだ」

「へえ……わては、『だれにでも負けたる屋』の旧太郎と申します」

「それがおまえの商売か？」

「へえ、将棋の相手をして、負けてくれと言われたら負けますし、勝てと言われたら勝つのが仕事だす」

「わはははは。それはまた珍商売だな。わしは珍商売が大好きなのだ。つまり、おまえは賭（か）けごと師なのか？」

「いえ、わては将棋で賭けはしまへん。お金をいただいてお客さんと将棋を指すだけだす。勝ってくれと言われたら勝ちますし、負けてくれと言われたら負ける。どっちにしても、お客さんを心地ようしてあげるのがわての役目だす。勝ってくれと言われたのにわてが負けたり、負けてくれと言われたのに勝ってしもたら、そのときはお金をお返しいたします」

「おまえはそれでよいのか？　わざと負けて悔しくないのか」

「負けるゆうたかて、見え見えの下手な勝負をしたらお客さんもおもろない。上手に負けてあげんと……。『負けるが勝ち』て言いますやろ。あれ、ほんまだっせ。負けるのにも腕がいりますのや」

「なるほどのう……」

「わては、江戸の名人よりも強いと言われた天野宗歩の弟子でな、師匠に勝ってしもて破門になった男だす」

「ほう……天野宗歩ならばわしでも名前を知っておるぞ。江戸の将棋所に対して上方の雄という図式だな」

将棋と囲碁を愛好した徳川家康は大橋宗桂に扶持を与え、その子孫は大橋家、大橋分家、伊藤家の三家に分かれて将棋の家元となった。彼らは「将棋所」を名乗り、この三家のなかで将棋を指し合って、もっとも強いものが「名人」となった。名人は九段で、八段は「準名人」、七段は「上手」と呼ばれていた。しかし、天野宗歩は「実力十三段」と称されていたが、御三家の出身ではなかったため、名人にはなれず、上方に移住した。その弟子からは数多くの実力者が生まれた。

「けど、じつは上方にもうひとり、天野宗歩と肩を並べるぐらいの棋士がいてるらしい。徳田橘内というおかたで、何年かまえに詰将棋の本を出しはったのやが、これがすごいゆうて急に評判になりました。めったにひとまえには出てこん変人で、どこに住んでるのかもわからんさかいわてもまだお会いしたこともおまへんけど、実力十五段という噂や。御三家の将棋指しや天野宗歩ほど世間に名前は知られてまへんが、将棋好きには有名だすのや。それぐらい将棋の世界は広うて深い、ゆうことだす」

「なんの道でも究めるというのはむずかしいものだな」

「わても、昔はわざと負けるやなんてありえんこっちゃ、相手に対しても将棋道に対しても失礼や、強けりゃええ、勝てばええ……そう思うとりました。だれと指しても負け知らずでな……」

「それが、なにゆえ負けてやることにしたのだ」

「ははは……あんまりひとには言うたことないけど、あんた、命の恩人やさかい話しまっさ。あるとき紀州の若さまが将棋好きやということでわてが呼ばれましてな、顔合わせてみたらまだ十歳ぐらいのこどもやけど、将棋にえらいはまってて、毎日朝から晩まで将棋盤とにらめっこしとるらしい。詰将棋もよほどむずかしいものでもすらすら解いてしまうし、定跡もわてよりぎょうさん知っとった。かなり自信もおましたのやろ」

「すごいこどもがおるものだな」

「さあ、いよいよ対局ゆうことになりましたのやが、こどもにしてはたしかに強い。ほんまに強い。けど……わてのほうが強かった。もう少しで詰む、ゆうときに若さまが泣きだしてしもた。ご家老さまに隣の部屋に呼ばれましてな、悪いけど負けてやってくれ、と言われましたのやが、わても若かった。今やったらほいほい言うて負けてやったやろ、と思うけど、そのときはとんがってたさかい、わざと負けるやなんてありえんこっちゃ、と言うて断った。結局、そのまま勝ってしもたんだす。若さまはずっと泣いたままや。わては礼金もろて帰りましたのやが、あとで聞いたら、その若さま……それがもとで患いついてしもて、紀州家を継ぐことができんようになったらしい」

「たいへんなことだな」

「向こうもうぬぼれてたんやろけど、わてもまだ小僧やったということだすなあ。

よう無事に帰してくれたもんや。それからずっと、なんであのとき負けてやらんかったのやろう、ゆうてあとあとまで後悔しました。将棋をやめてしまおか、とも思いましたけど、わてができることゆうたらコレだけだすさかいな。ほかにはなんの能もおまへん。それで、たかが将棋やないか、勝つことにこだわって、ひとの一生を曲げるようなことがあってはならん……という思いを込めて、『だれにでも負けたる屋』をはじめましたのや」

「なるほど……どんな商売にも由来があるものだな。わしは兇小路梅王丸と申すもの。立売堀南裏町で聖徳長屋という長屋の家守をしておる。わしの長屋には珍商売をしておるものがたくさん集まっておる。もし関心があるならば訪ねてきてくれ」

「おおきに。あんたのおかげで助かりました。なんぞご恩返しをせんと……」

「わはははは……そんなことは気にせんでもよい。また、どこかで会うこともあるだろう。では、さらばだ」

去っていく梅王丸を伏し拝むようにして見送る旧太郎は、まさかすぐに梅王丸と関わりができようとは思ってもいなかった。

◇

捨て蜂のお蜂は困り果てていた。突然、五十両という借金を負ってしまったのだ。九尺二間の長屋の家賃が年に一両ほどだ。五十両といえば五十年分の家賃に匹敵するほどの大金である。とても、お蜂に支払える額ではない。しかも、貸し主は十日以内に払え、と言うのだ。だれかに借りようにも、裏長屋の住人は梅王丸をはじめ皆貧乏である。

（どうしよう……）

下寺町（したでらまち）の角に三角屋根のついた市松模様の屋台を下ろし、

「松虫、鈴虫、鳴く虫だよ。りんりん鳴くよ」

とかれこれ二刻（ふたとき）ほど声を上げているのだが、なかなか売れない。屋台には竹細工の虫かごをたくさん積んでいるのだが、この虫かごもお蜂の手作りだ。ひとつひとつ心を込めて作っている。形も扇型から釣鐘型、四角いもの、丸いもの……などさまざまで、なかには漆塗りの高価なものまである。そこには松虫、鈴虫、クツワムシ、カンタン、キリギリス……といった秋の虫たちが入っている。松虫と鈴虫はお蜂が家で卵を孵化（ふか）させ、大事に育てたものである。どんな餌をやるかで鳴き声に違いが出るのだ。

「りんりん鳴くよ。りんりん鳴くよ。松虫、鈴虫、鳴く虫だよ……」

だれも立ち止まろうとしない。

(河岸をかえようか。四天王寺さんのほうに行ってみようかね……)

お蜂はため息をついた。

◇

ことの次第はこうである。お蜂が昔から親しくしている青助という竹売りがいる。お蜂はこの男から虫かご用の竹を購入しているのだ。先日、久しぶりに会ったとき、

「お蜂、ちょっと鰻でも食いにいこか」

「なに言ってるんだい、そんなおあしあるものかい」

「俺のおごりや。たまにはええやろ」

「あ、あんた、頭大丈夫かい？　そんなこととこれまでいっぺんもなかったじゃないか」

「ふところ具合がええのや。ぽっぽが温かい、ゆうやつやな」

鰻が食べられる、しかも、ひとのおごり……と聞いたら断るはずがない。

「行くよ行くよ。それにしてもどうしたんだい？　いつもぴーぴー言ってたあんたから『ぽっぽが温かい』なんて言葉を聞くとは思わなかった。竹が馬鹿売れしたの

かい？」

鰻の蒲焼きは一人前が二百文もした。かけうどんなら十杯も食えるほどの値段であり、とうてい貧乏人の口に入るしろものではなかった。

「アホ言うな。竹なんか百本、二百本売れてもなんぼにもならんがな。これや、これや！」

そう言うと、青助は壺を振るような手つきをした。

「え？　あんた、まさか……博打かい？」

「あったりまえよ。近頃、あるひとに誘われてやたけたの権六親方の賭場に出入りするようになってな、毎晩入り浸りや。昨日の晩、馬鹿ヅキしてなあ、丁と張れば丁、半と張れば半……俺の思うとおりに目が出るのや。おかげで……両ももうかった」

「なんだって？　聞こえなかったよ」

「……両や」

「もっとはっきりお言いよ。何両もうけたのさ」

青助はお蜂の耳に口をくっつけ、

「十両や！」

「へえ、すごいじゃないか。だったら鰻ぐらいおごってもらってもバチは当たらないよね。竹も二、三本おまけしてよ」

「アホ。俺はもう竹屋みたいにしみったれた商いはせえへん。サイコロと壺に生計(たつき)を託すのや」

青助はいっぱしの博打打ちのような口をきいたが、お蜂は内心危ぶんでいた。いくらなんでも素人がいきなり十両ももうかるわけがない。賭場を開いている親方のなかには、イカサマ博打を使って素人を深みにはめようとする連中がいる、と聞いたことがある。最初はわざと勝たせて喜ばせ、そのあとどーんと負けさせて、その損を取り返そうとどんどん金を使うようしむけるのだ。

「うーん……だいじょぶかい？　その『誘ってくれたひと』ってのは信用できるんだろうね」

「おまえも知ってる八ッ頭の平吉(へいきち)さんや」

「ああ、あいつか……」

お蜂はげんなりした。八ッ頭の平吉は遊び人で、博打で暮らしているような男だった。青助は知らないようだったが、裏の顔は女衒(ぜげん)である。以前からお蜂に、

「あんたみたいな器量よしなら島原でも新町でも太夫(たゆう)になれる。わてがええ置屋と

のあいだを取り持ったるわ。今みたいに毎日足を棒にして二束三文の虫売り歩かんかて、ええべべ着て、ええもん食うて、楽にお金儲けができるで。あんたならどこぞのお大尽に落籍かれること間違いなしや。そうなったら生涯左うちわ……ええことづくめやないか」

しつこくそう持ち掛けていた。一度、腹が立って、尻を思いきり蹴り上げてやったことがある。そのあと痔になったそうだが知ったことではない。

「平吉さんは、そろそろおまえも男としてガラッポンのひとつも覚えといたほうがええぞ、いうて手ほどきしてくれたのや。なんぼ博打がご法度やゆうたかて、男たるもの、多少の悪さはたしなんどかんと仲間うちに幅がきかんやろ」

青助が喜んでいるのに水を差すのも悪いし、相手が大店の若旦那とかならともかく、一介の竹売りを博打に誘い込んでも、もぎとれる金はたかがしれている。

（まあ、あたいの思い過ごしだろうかね……）

そう思ったお蜂は、なにも言わずに鰻を食べたのだ。

それから四、五日経ったある日、往来を売り歩いていたお蜂はまた青助と会った。

打って変わって、顔色が悪く元気がない。

「どうだい、博打のほうは？」

「もちろんツキまくりや。今日は天ぷらでも行こか」

そう言った青助はどことなく元気がなかった。

「無理しなくていいんだよ。あたいと会ったらなにかおごらなきゃならないわけじゃないんだから」

「わかってるよ。ふところが温かいとだれかにおごりとうなるんや。それに、博打いうのは、入ったら使わんとつぎが入ってこんもんや」

「えらそうに……」

青助に勧められるままに酒もかなり飲んだ。

「なあ、お蜂。おまえ、字ぃ書けるか」

「馬鹿におしでないよ。あたいも小さいころは寺子屋に通ってたんだ。字ぐらい書けるさ」

「ほな、『はち』て漢字でどう書くのや。俺はひらがなより書けんさかい、教えてくれ」

そう言って半紙を一枚取り出した。

「この端っこのへんに書いてくれ。あ、せっかくやから『立売堀南裏町梅王丸店聖徳長屋　蜂』にしてくれ」

妙なことを言う、とは思ったものの、お蜂も酔っぱらっており、まあいいか、と素直にそう書いた。

「ああ、これでええわ。おまえ、なかなか字がうまいな」

そのあとも機嫌よく飲み食いしたお蜂は、帳場に預けておいた荷を受け取り、天ぷら屋のまえで青助と別れたが、しばらく行ったところで、

「あ、いけない」

引き返そうとしたが、もう遅かった。

「お蜂ちゃんやないか。今日もええ声聞かせてや」

三十五歳ぐらいの瓜実顔(うりざねがお)の小男がにこにこ顔で近づいてきた。縞柄(しまがら)の紬(つむぎ)にぞろりとした長羽織という恰好(かっこう)だ。

「ああ、大松屋の旦さん……」

お蜂は暗い顔で言った。

「ほっほっほっ……今日はええ日やなあ。こんなとこで偶然おまえに会うやなんて」

嘘に決まっている。お蜂が店を出しそうな場所を毎日丁稚(でっち)に巡回させているのだ。

「わてはおまえの声が好きなんや。りんりん鳴くよ……いうところがな。さあ、売

り声頼むで」

仕方なくお蜂は、

「松虫、鈴虫、鳴く虫だよ。りんりん鳴くよ……」

「ようよう！　日本一！」

「旦さん、恥ずかしいからあまり変なこと言わないでください」

「あはははは……ほんまええ声や。虫の声より蜂の声やな。――今日も全部買わせてもらうで」

「いや、旦さん、全部というのは堪忍してくださいませんか」

「なんでや。いっぺんに売れたほうがおまえも楽やろ」

「おひとりが買い占めたら、ほかのお子たちが買えんようになりますから……」

「おまえのほかにも虫屋はぎょうさんいるやないか。それに、この龍右衛門は買うてかえった虫を店のもんや近所のもんにタダで配ってるのや。みんな、喜んでくれてなあ……。せやから、一匹も無駄にはしとらん。また、おまえのこしらえる虫かごが評判ええのや。――みなでいくらや」

お蜂が値を言うと、

「おかしいな。安すぎるやないか。その漆塗りのやつも入れてるか？」

「えっ、これもお買い上げですか」

「あたりまえやがな。全部て言うたやろ」

お蜂がそれも加えた値段を口にすると、龍右衛門は分厚い財布を取り出し、値段の倍ほどの金を手渡した。

「釣りはいらんで」

そう言いながらお蜂の手をぎゅっと握りしめる。

（きしょっ……）

と思ったがもちろん口には出さぬ。

「蜂蜜もあったらもらうで」

「今日は蜂蜜は持ってきませんでした」

「つぎは持ってきてや。全部買うさかい」

大松屋龍右衛門は、あるときお蜂から虫を買ったらその日大きなツキに恵まれたらしく、それがきっかけで贔屓になり、以来たびたびやってきては虫を買い占めるのだ。ありがたいといえばありがたい客だが、どうにも気持ちが悪い。

「着物作ったろか。別嬪にはええべべ着てもらわんと……」

とか、

「かんざし買うてきた。おまえの髪によう合うと思うわ。ここで差してみて」

とか、

「道頓堀にええ料理屋があるのや。ふたりで行かへんか」

とか、

「有馬に湯治に行くことになったのやが、おまえもどや。肌艶がようなるらしいで」

とか、しきりに誘いをかけてはくるのだが、お蜂はことごとく断っていた。だからこそ虫を買ってもらうのが心苦しいのだが、これは商いだからやむをえない。しかし、芸者にお座敷をかけたようなつもりなのか、

「金を払ったんだから相手してもらうのはあたりまえ」

と言わんばかりに、いつも往来でくどくどと半刻ばかりしゃべりかけてくるので、面倒くさくてしかたがないし、ほかの客も寄り付かない。その日も適当に打ち切って、

「ほな、旦さん。帰らせていただきます。つぎからはひとかごずつで……」

そう言ってお蜂が荷をしまおうとすると、龍右衛門は意を決したように、

「なあ、お蜂。往来ではせわしないさかいゆっくり話もでけん。いっぺんおまえの

家に行ってな、ふたりで一杯飲みながらこれからのことを話ししたいのやが……どこに住んでるのか教えてくれへんか」

来た……とお蜂は思った。

「これからのこと、とは……」

「わかってるやろ。わてはおまえが気に入っとるのや」

「そういうお話やったら、家はお教えできません」

龍右衛門の顔が一瞬厳しいものになったが、すぐにもとの笑顔に戻り、

「ほっほっほっほっ……嘘や嘘や。ちょっと冗談言うてみたのや。わしはただのおまえの贔屓。女ひとりの家にのこのこ行ったりするかいな。また買わせてもらうで。——ほなな」

お蜂の手をもう一度きゅーっと握りしめると、龍右衛門は去っていった。お蜂はため息をついた。

(あんなやつに家に来られたらたいへんなことになるよ。だれが教えてやるもんかね)

虫売りは「虫の声」という「粋」を売るのが商売だから、男も女もちょっと洒落た恰好をして、人気を競う。しかし、客を家に招くようになったらおしまいである。

売りものがなくなったお蜂は空の屋台を担ぐと歩き出した。しかし、一町ほど行ったとき、だれかがつけていることに気づいた。龍右衛門かもしれない、と思って振り返ると、相手はあわてて商家の陰に隠れた。ちら、と見えた姿は丁稚のようだった。おそらく龍右衛門に言いつけられた大松屋の奉公人だろう。

(そこまでするかねえ……)

お蜂は屋台を担いだまま駆け出した。そして、角があれば曲がり、表通りから裏通りに、裏通りから表通りに……ということをしつこく繰り返した。四半刻ほどしてもう一度振り返ったとき、丁稚の姿はなかった。

(ざまあみろ、ばーか)

お蜂は意気揚々と長屋へ引き上げた。

その翌日、虫捕りに野田村まで遠出をした帰り、お蜂は西横堀沿いに南に向かって下っていった。長浜町あたりにさしかかったとき、なにげなく堀を見下ろしたお蜂はおのれの目を疑った。土手の草むらに、見覚えのある虫かごが落ちていたのだ。間違いなくお蜂がこしらえたものだ。それもひとつではない。百以上もの虫かごが、潰され、へし折られて、捨てられていた。漆塗りのものも混じっていた。おそらくこれまでにお蜂から龍右衛門が買った虫かごは、買うたびにここに投棄されていたのだろう。

（ひどい……）

お蜂は震えた。大松屋に駆け込んで、文句を言ってやろう、とも思ったのだが、

「買うたもんをどないしようと客の勝手やろ」

と言われたらおしまいだし、なによりこんなことを平気でする人間とは関わりたくなかった。草むらのあちこちから虫の声が聞こえてくる。お蜂は壊れた虫かごから目を逸（そ）らせ、その場を去った。

それからまた数日後、意気消沈したお蜂が下寺町の菟念寺（ずくねんじ）の塀のまえで、

「松虫、鈴虫、鳴く虫だよ。りんりん鳴くよ……」

と声を上げていると、

「おい、捨て蜂のお蜂ゆうのはおまえか」

坊主頭に髭面（ひげづら）という、見るからにガラの悪そうな男を先頭に、四人の男がお蜂を取り囲んだ。

「そうだけど、なにか用かい」

「五十両、払（はろ）てもらおか」

「なに寝言言ってるのさ。商売の邪魔だよ。どきな」

「気の強い女子(おなご)やな。わしはやたけたの権六ゆうもんや。おまえ、竹屋の青助知ってるやろ」

嫌な予感がした。

「あ、ああ……知ってるけど……」

「あいつがうちの賭場(とば)に出入りしてるうちに、負けが込んで、どえらい額の借金こさえよったのや」

「青助の借金だろ。どうしてあたいが払わなきゃならないのさ」

「こういうもんがあるのや」

やたけたの権六はふところから一枚の紙を取り出し、お蜂に見せた。それは青助が権六から五十両借りた際の証文であり、青助の署名とともに、もし、期日までに青助が返せなくなったときは、どんなつぐないでもいたします、というお蜂の一筆が入っていた。つまり、保証人である。

「こんなもの書いた覚えないよ」

「よう見い。おまえの字やろ」

お蜂は顔を近づけてその署名を見た。「立売堀南裏町梅王丸店(だな)聖徳長屋　蜂」とある。そして、その紙には天ぷらのものとおぼしき油の染みがついていた。

「あいつ……だましやがったな……」

お蜂は怒りに震えた。

「青助のところに取り立てに行ったら、もぬけの殻や。あの男、逃げよったのや。──さあ、耳を揃えて五十両、払てくれ」

「ちがうんだよ。あたいはだまされて、半紙に名前を書いただけなんだ。あとからあいつが書き足して証文に仕立てたんだ」

「そんなこたあわしは知らん。あいつが、負けるたんびに駒借りにくるから、ちゃんと金はあるのやろな、と念押ししたら、家にある、言うから貸してやったのや。いざ、清算、ゆうときに、じつは金がない、とほざくさかい、この場で金を払うか、請け人を立てたちゃんとした証文入れるか、命を差し出すか、三つにひとつや、と言うたら、これを持ってきよったんや。おまえが自分で書いたもんやろ。お上に訴え出ても、この証文さえあれば、わしが勝つで。恨むならおまえをだました青助を恨むんやな」

「ちくしょうめ！」

お蜂は泣きそうになった。

「親方、その五十両、いつまでに払わなくちゃならないんだい？」

「三日後や」

「三日？　そりゃあいくらなんでも無理だよ」

「なんやと？　ここに、期日も書いてあるやろ」

「そうかもしれないけど……あたいには払えない」

「三日経ったら、この証文をある男に五十両で売ることになっとる」

「ある男……？」

「八ッ頭の平吉ゆうやつや。うちの賭場に始終出入りしとってな、女衒もしとるさかい、この証文の話をしたら、ぜひ買い上げたい、と言うてくれた。おまえをどこその色里に売るつもりやろなあ」

お蜂の背中を寒気が這いあがった。

「おまえほどの別嬪やったら引く手あまたで、すぐにもとが取れるやろ」

「色里だけは堪忍してください」

「なにを甘いこと言うとるのや。どんなつぐないでもいたします、て書いてあるやないか」

そう言ってやたけたの権六はせせら笑った。

◇

聖徳長屋に住むことになった「百珍屋」の千夏は、その日から長屋の皆の晩御飯を作りはじめた。売れ残って明日まで持たない食材や、捨てずに取っておいた野菜屑、魚の骨などの残飯類を使って、簡単だがじつに美味しいおかずを作り上げる。まるで手妻のようだった。自然と、夕飯時になると皆は梅王丸のところに集まるようになった。

「千夏、今日の献立はなんだ？」

梅王丸がきくと、

「イワシの骨で取った出汁にあぶらげと大根とこんにゃく入れた具沢山の味噌汁、それに、秋茄子と大豆の煮ものや」

「ほほう、それはよい。一杯飲めそうだ」

梅王丸は酒の徳利を持ち上げて、どれほど残っているか確かめた。

「あかんで、飲んでばっかりは……。ちゃんと貯めるもん貯めとかんとあとで往生するで」

「わっはっはっ……おまえと暮らしておると無駄遣いせずにすむな」

「へっへっへー」

千夏は鼻の下を人差し指でこすった。

そこへ長屋のものたちがぞろぞろと入ってきた。

「こんばんはー」

「今日もまたご相伴にあずかりに来たでー」

「ああ、ええ匂いやなあ。ありがたいありがたい」

「悪いな、千夏ちゃん。いつもいつも作ってもろて」

千夏は皆を振り向くと、

「かめへんねん。こうやって大勢の分いっぺんに作るほうが結局安うあがるんや」

できあがった晩飯を一同が食らい、酒を飲み、一日の憂さを晴らしていると、お蜂が入ってきた。

「どうした、お蜂。浮かぬ顔だな」

梅王丸が言うとお蜂は、

「親方……五十両貸してくんないかね」

「わしは今、この長屋の町役、公役(こうやく)の滞納で二十五両を催促されておる身だ。それができなければ立ち退きになってしまう。そもそもそんな大金の持ち合わせがある悪者はこの長屋にはおらぬわい」

お蜂は一同の顔を見渡したあとで、

「だろうねえ……」

「どうかしたのか」

「じつは……」

お蜂は包み隠さず今日の出来事を話した。

「五十両とは大金だのう……」

梅王丸が言うと、とっこい屋の重松が、

「この長屋にあるもの全部売り払っても一両になるかどうかだぜ」

恋金丹のひょろ吉が、

「その青助ゆうやつ、最初(はな)っから借金をお蜂に押し付けて逃げるつもりやったのやな。ひどい野郎や」

千社札貼ったる屋の鳥助が、

「それにしても三日後とは急な話やな。よほどのことをせんと五十両はでけんやろ」

おキツネ憑(つ)けの玉太夫が、

「そうじゃのう。だれかに借りるか、どこからか盗むか、あとは青助のように一か八か博打をするか……」

重松が、

「どれも無理だな」

千夏が、

「簡単やん。梅王丸のおっちゃんにそのやたけたの権六ゆうヤクザの親方のとこに乗り込んでもろて、ぼこぼこにしたったら、あきらめよるやろ」

梅王丸はかぶりを振り、

「そうはいかぬ。向こうが持っている証文は、形だけは正当なのだ。お蜂がだまされて署名した、ということを町奉行所に証明して身の証を立てるのは三日ではむずかしかろう」

「そんな……お蜂姐ちゃんが売られてしまうやん！」

「心配するな。そんなことはさせぬ」

梅王丸が千夏の肩を軽く叩いた。ひょろ吉が、

「けど、なんかおかしいな。やたけたの権六が仕組んだことやとしても、青助みたいな竹屋を博打に引き入れてもなんの得にもならんやろうに……」

重松が、

「まさか……はじめからお蜂を狙ったことじゃあるまいな」

お蜂の顔色が変わった。

「あ、あたいを……？」

「そうだ。青助と仲のいいお蜂に借金を背負わせて、女郎屋に高く売り飛ばすのが目当てだったとしたら……」

鳥助が、

「ほな、黒幕は女衒の平吉か」

梅王丸が、

「そういうやつらは三日を待たずしてなにをしてくるかわからぬ。明後日まで、お蜂はこの長屋ではなく、どこかに身を隠しておれ。そのあいだに鳥助とひょろ吉と重松は青助を捜しだしてもらいたい」

ひょろ吉が、

「ほいきた。——お蜂、青助ゆうやつが身を隠していそうなところの心あたり、ないか？」

お蜂はかぶりを振った。重松が、

「親方はなにをしなさるんで？」

「借金だ。この長屋の町役、公役の算段のまえにまずはお蜂をなんとかせねばならぬ」

　梅王丸はそう言った。

◇

「これで、念願のお蜂を新町に沈めることがでけるわ。おおきにおおきに」

　竹屋の青助やたけたの権六の賭場で八ッ頭の平吉は顔をにやつかせた。手には、竹屋の青助が入れた証文が握られていた。

「あの女、はじめて見たときからええ女やなあと思とったのやけど、クソ生意気でなあ。いっぺんわてのケツ蹴り上げよったことあるのや。うまいことはめたった。やっと仕返しができたわ」

　権六は、

「おまえさんに目ぇつけられた女子は災難やな」

「ひひひ……わては食いついたらスッポンみたいに離れへんで。けど、その青助ゆうやつがヤケクソになってお蜂を取り返しにきたりせえへんやろな」

「それは心配ない。ちゃーんと手を打ってある」

火鉢を挟んで座ったふたりがごちゃごちゃ話をしていると、

「おい、今なんと言うた。お蜂、ゆう名前が聞こえたが……」

後ろから声がかかった。

「ああ、大松屋の旦さん」

平吉が不審げな顔をしたので権六が、

「こちらは大きな古手屋の旦さんでな、ちょいちょいうちに遊びにきてくれはるのや」

「ほんまかいな。そんな大店の旦那が博打やなんて……」

「ほっほっほっ……わては勝負ごとはなんでも好きなんや。囲碁、双六、丁半、花札、百人一首……なかでも将棋が好きでなあ。けど、下手の横好きでどれもこれも負けてばっかりや。権六にもかなり儲けさせてるはずやで」

権六は頭をへこへこさせて、

「この旦さんはイカサマのこともよう知ってはるさかい、青助みたいな手には引っかからん。いつも適当に遊んで適当に帰りはる。金払いもええ。いちばんの上客というわけや」

「そんなことより権六、お蜂というのは虫屋の、あのお蜂のことか」

「そうだす。旦さんやったらよろしいやろ。じつは……」

権六は女衒の平吉に頼まれてお蜂を罠にはめたことを龍右衛門にしゃべった。聞いているうちに龍右衛門の顔つきが変わっていった。

「よし、その証文、わてに売ってくれ」

平吉が、

「いや、それはちょっと堪忍しとくなはれ。あの女、五十両にはなると算盤弾いとりますのやが、もしかしたらもっと高う売れるかもわかりまへんのや。そこは売りつけるわての腕だすさかい……。苦労してやっと書かせたこの証文、横合いからトンビに油揚げはひどおまっせ」

「わかった。百両出そ」

「えーっ！」

平吉と権六は目を剝いた。

「どういうことだす」

「これにはわけがあるのや。まあ、聞いてんか……」

しばらくして龍右衛門が話し終えたとき、権六が言った。

「そうだすか。これは面白い巡り合わせだすなあ。それにしても旦那があの女にそれほどご執心とは知りまへんでした」

平吉も、

「わてが見ても、上玉だすさかいな。気がきついのが玉に傷だすけど……」

龍右衛門が、

「そこがまたええのや。はじめて町なかで見かけたとき、わてはぶるぶるっとしたわ。それ以来、ずっとお蜂を囲いもんにしようとあの手この手を使うたのやが、案外身持ちが堅うてうまいこといかん。住んでるところも教えてくれん。けど、この証文でところ番地がわかったし、やっとあいつをわしのもんにでける。王手をかけられる。——ほっほっほっ……もう逃がさへんでぇ」

もうお蜂を手に入れた気でいる龍右衛門はニタニタ下卑た笑いを浮かべていたが、

「けど、お蜂が五十両工面してきたらどないしよ」

権六が、

「そんなことはおまへんやろ。ここに書いてある聖徳長屋というのはかなりの貧乏長屋だっせ。五十両はおろか、百文でも危ないと思いますわ」

「そうか。明日にでも様子を見てくるわ。お蜂の家が見られるとはうれしい限りやな」

龍右衛門が言うと平吉は、

「やめときなはれ。旦さんみたいな分限なおひとが入っていったら、身ぐるみ剝がれるかもしれまへんで」

「心配いらん。わてもじつは長屋住まいなのや」

「アホなことを……」

権六が、

「ほんまのことや。この御仁は長屋暮らしでな……」

そう言って、くっくっくっ……と笑った。

◇

「ごめんなはれ」

早朝、机に肘を突いてなにやら思案していた梅王丸の耳に、外からの声が届いた。

「おっちゃん、だれか来たで」

その日の仕込みに余念がない千夏は、包丁の手を止めずに言った。梅王丸は、

「戸締りはしておらぬ。入ってこい！」

大声で言うと、真新しい木綿の着物を着た男が顔を見せた。

「この長屋の家守さまのお宅がこちらと聞きましたのやが……」

瓜実顔(うりざねがお)の男はそう言った。

「いかにもわしが家守だ。なにか用かな」

「木戸口に貸家札が下がっとりましたさかい入ってきましたのや。わては今、長浜町の長屋に住んどります龍右衛門と申します。今の長屋、家賃が高うてな、もうちょっと安いところに引っ越しを考えとります。こちらの長屋で、空いてる家があったらお借りしたいと思いまして……」

「空き家はいくつかある。おまえの商いはなんだ」

「長屋を回って古着を買い取りまして、古手屋へ卸すことを身過ぎ世過ぎにしております」

「珍しくもない商売だのう」

「珍しくないとあきまへんか」

「いや、まあ、そういうわけではないが……ここは貧乏人ばかりゆえ、金満なおかたにはご遠慮いただいておる」

「わてが金満に見えますかな」

「見えんこともない。その着物も絹ではなく木綿だが、唐桟の上物だ。しかも、裏地に金がかかっているようだな。この長屋に住むものは年中一張羅の着たきり雀ばかりゆえ、よう目立つ」

「なにをおっしゃる。わては長屋住まいでぴーぴーしとります。少しでも安い家賃のところに移りたい……とこちらに伺うたわけで……」

そう言うと男は一枚の紙を梅王丸に示した。それは、いわゆる「借家請け状」で、借家人本人と今住んでいるところの家主を請け人（保証人）とした連判状であった。借家人の欄には「長浜町佐兵衛店店子龍右衛門」とあり、請け人の欄には「長浜町町年寄佐兵衛」となっていた。文面には、長屋に入居を認められた場合、「龍右衛門」に店賃の払いの滞りや町の風紀を乱すような振る舞いがあったときは、請け人の「佐兵衛」が責任を負う、とあった。

「あんたが龍右衛門か」

「へえ、そうだす。長屋住まいであること、おわかりいただけましたか」

梅王丸はうなずいた。

「ところで、この長屋にお蜂さんという虫屋さんがお住まいやと聞きましたが、ほんまだすやろか」

「お蜂？　あんた、お蜂の知り合いか？」

「へえ、ときどき虫を買わせていただいとります」

「ほう……お蜂がここの住人だとしたら、それがなんだというのだ」

「いえ、べつになんということもおまへんけど……」

「お蜂がここに住んでいることをだれから聞いた？」

「さ、さあ……だれやったかなあ……。とにかくこちらに厄介になりますさかい、よろしゅうお願いいたします」

梅王丸は目を見開いて龍右衛門をにらみすえると、

「家は貸せん」

「え？　なんでだす？」

「おまえは貧乏人ではあるまい。貧窮に苦しんでいるものは、どこかしら諦念と焦燥を感じさせるが、おまえにはそれがない。この世になんの心配ごともない、というゆとりがある。どんなことでも金の力で思い通りになると考えているな」

「そ、そんな……決めつけられては迷惑……」

「長浜町あたりはここのような裏長屋とはちがい、贅沢な造りの表長屋がたんとある場所だ。裕福な町人のなかには、町役や公役を支払うのが嫌で、おのれの家屋敷に住まず、あえて長屋住まいをするものがおると聞くが、おまえもその口だろう。おおかたお蜂に懸想したかなにかで、同じ長屋に住みたいと思うてきたのではないか。以前、お蜂が、妙な客につきまとわれて困っている、と言うておったぞ」

「げっ……」

龍右衛門は顔をしかめた。

大坂では、有力な町人のなかから選ばれた「惣年寄（そうどしより）」が、町奉行所から大坂三郷全体の政を託されている。惣年寄は代々世襲制だが、惣年寄を補佐する「町年寄」は選挙で選ばれ、商いをしながらそれぞれの町の政を担当した。お上からのお触れ書きを町内に周知させること、人別改め、火の用心、さまざまな公用文書への奥書、税の徴収、町内の清掃……など仕事は膨大で、本業がおろそかになるほどであった。そのまた下に位置したのが、長屋の所持者である「家主」と家主から頼まれて長屋の管理を担っている「家守」である。ここまでが「町人」として公儀から認められている存在で、それよりまた下の、長屋に住んでいる借家人は「町人」ではないのだ。

「町人」には公役、町役という義務があるが、この負担を嫌がって、あえて「町人」にならず、奉公人を多く使う大店（おおだな）の主（あるじ）であっても、あえて長屋で暮らしているものがいることを梅王丸は知っていた。

「良いか悪いかはともかく、皆それぞれに費えを分担してお上に納めておる。わしも家守ゆえ、やむなくそうしておる。おまえは、大きな店と屋敷を持ち、金もたくさんに貯えておるにもかかわらず、応分の負担をしておらぬ。真面目に納めているものたちや、町年寄として無償で町のために働いておるものたちに悪いとは思わぬか」

「けっ……町年寄なんぞになったら遊んでる暇がないやないか。——お蜂はどこにおる。わてはお蜂に会いに来たのや」

千夏が包丁を持ったまま龍右衛門に近づき、

「お蜂姐ちゃんはここにはおらんで。それに、姐ちゃんはあんたみたいなやつのことは好きにならんさかい、あきらめ」

「なに抜かす、くそガキが！」

すごんでみたものの、千夏の包丁が気になって目が離せない。

「とっとと帰り。怪我しても知らんで。塩撒いたろか」

龍右衛門は舌打ちをして、

「覚えてろよ、今にほえ面かかせたるからなあ。わてはお蜂に『うん』と言わせられるもんを持っとるのや」

その顔に千夏は塩を撒いた。

「ぶわっ……なにするのや！」

「塩撒いたろか、て言うたやろ。そうしただけや」

「くそっ……」

龍右衛門は目をこすりながら長屋を飛び出していった。

「おっちゃん、『うん』と言わせられるもの、てなんやろ。お蜂姐ちゃん、大丈夫やろか」

「ただの捨て台詞（ぜりふ）だとは思うが……。わしは今から金の算段に出かけてくる。夕景には戻ってまいる」

「いってらっしゃい」

千夏はにっこり笑った。

「これはこれは……梅王丸殿ではござらぬか」

大坂西町奉行所の門前で、梅王丸に声をかけたのは定町廻り（じょうまちまわ）同心の天児六郎太である。

「奉行所になにかご用事ですか」

「ちと金の無心にのう……」

「ははは……私には持ち合わせがござらぬゆえ、お力にはなれませぬな」

天児は軽口を叩いた。

「わかっておる」

町奉行所の役人の俸禄は少ないが、同心はことに少ない。たったの十石三人扶持である。住処こそ二百坪の組屋敷を拝領しているが、町奉行所からもらう禄ではとても暮らしていけない。それがなんとかやっていけるのは、各大名家の蔵屋敷や裕福な町人からの付け届けが多かったからで、そういうものを嫌う潔癖な同心は本当に貧窮していた。禁じられていることではあるが、屋敷の敷地内に長屋を建て、そこに町人を住まわせて家賃を取ったり、畑を作って野菜を育て、八百屋に売ったり……とてもひとに金を貸す余裕などないはずである。

「ついでですが、米倉さまも私同様です」

「そうか。そうであろうのう」

天児の上役である与力の米倉八兵衛も賄賂などを嫌う性格のようだ。与力の俸禄は八十石と同心よりはかなり多いが、雇っている家臣の数がちがう。騎馬で出勤するので馬も飼わねばならぬし、その世話をするものも必要だ。家族と家来、合わせて二十人ほどをこの俸禄で養っているのだ。袖(そで)の下をもらわぬかぎり、与力の内証も苦しい。

「もしかしたらお頭から……」

「そうだ。いちばんうえからふんだくってくる」

「はっはっはっ……上手(うま)くいけばよろしいが……」

天児は笑いながら門番に命じて梅王丸の来訪を取り次いでくれた。

「では、私は町廻りがありますのでこれにて……」

そう言うと、天児はさわやかな笑顔とともに去っていった。定町廻りは、同心ひとりではなく、与力や盗賊吟味役与力、役木戸(やくきど)、長吏(ちょうり)、小頭(こがしら)……などがひと組となって行うのである。すぐに梅王丸は来客用の溜(た)まりに案内された。しばらく待っていると呼び出しがあり、彼は町奉行所の奥にある町奉行の居間へと向かった。梅王丸が入るなり新見伊賀守は読んでいた本から目を離した。以前に来たときに比べ、部屋のなかには大量の書物が積み上げられている。伊賀守は蔵書家としても知られているのだ。

「なんだ、やけにむずかしい顔をしやがって。まるで今から借金を申し込みにきた、みてえな面だな」

「そのとおりだ」

「——なに？」

「金を貸してほしい。七十五両……と言いたいところだが、とりあえず五十両だ。ないとは言わせぬぞ」

伊賀守は渋面になり、

「ねえことはねえ」

「あるのだな」

「だが、貸すわけにはいかねえ。ここにあるのは町奉行所の公金だ。私用に流用はできねえよ」

「事情があるのだ」

「事情があるからと言って、来るやつ来るやつに金を貸してたら、大坂中の人間がここに集まってくらあ。町奉行所は金貸しはしてねえんだ」

「江戸でおまえが魚河岸の若いやつらと大喧嘩に……」

「ああ、またその話か。わかったわかった。話だけは聞いてやらあ」

「うちの長屋の住人で虫売りのお蜂という女が、だまされて借金の請け人になったのだ。証文を偽造するのは犯罪だろう。それを解決するのは町奉行所の務めではないか。このままではお蜂は借金のかたに女郎屋に売られてしまうのだ」

「たしかに証文の偽造は罪になる。米倉にでも調べさせらあ。だが、それと奉行所が金を貸すこととはべつだ」

「では、どうしても金は貸さぬというのか！」

「奉行所のなかででけえ声を出すな。しかたねえ。俺の金を貸してやろう。金はいつまでにいるんだ」

「二日後だ」

「なんだと？　そりゃあいくらなんでも無理だ。俺ぁもともと貧乏旗本だぜ。遊んでる金はそれほどねえ」

「なにを言う。千五百石といえば旗本としては大身だ。そのうえ町奉行としての役高と役料をもろうておるはずだ」

「嫌なことを知ってやがる。——あれは年に三度もらうだけさ。今は江戸からの引っ越しですっからかんだ。もう少し待てばなんとか工面できねえこともねえが……」

「待てぬのだ。ひとりの女が苦界に身を沈めるかどうかの瀬戸際なのだ……」

梅王丸の目に涙がにじんでいるのを見て伊賀守は、

「その女、おめえのコレかい？」

「そうではない。わしの長屋の店子なのだ。家守といえば親も同様、店子といえば子も同様というではないか。わしはこどものためにやっておるのだ」

「そうかい。それじゃあ……」

伊賀守は立ち上がると、背伸びして長押のうえを探り、布に包んだものをつかんだ。それを梅王丸に手渡し、

「そいつを使ってくんな。ただし、五十両はねえ。半分の二十五両だ」

「すっからかんだと言うたではないか」

伊賀守は頭を掻いて、

「そいつは俺のへそくりさ。奥の院（妻）にゃあ内証の金なんだ」

「すまぬ、恩に着る」

梅王丸は包みを押しいただくとふところに入れ、

「あとひとつ、わしの長屋の町役、公役の滞納が二十五両ある。それを払わねば長屋を立ち退け、とここの与力が申しておる。なんとか待ってもらえぬか」

「――むずかしいな。おまえの長屋の町役、公役だけを待つことは町奉行として公私の別をわきまえぬ、ということになる。俺はとりあえず二十五両工面した。それ以上はおまえの思案でなんとかしてくれ。遠国奉行などと申しても情けないものよ」

「いや……これだけでも助かった。恩に着る。急いでおるゆえ、これにて失礼する。では、な」

あわただしく廊下を歩く梅王丸の背中に、

「おい、かならず返せよ。いいな！」

という声がかかった。

翌日も梅王丸は大坂中を走り回り、友人、知人に片っ端から借金を申し込んだが、すべて断られてしまった。梅王丸は金持ちの知人がいないことを悔やんだがどうにもならない。質屋や金貸しにも足を運んだが、質屋は質草がないと貸してくれないし、素銀（すがね）（無担保の高利貸し）も梅王丸に信用がない、と断られた。至極もっともな話ではある。一瞬、毘沙門屋に金を借りようか、とも考えたが、もちろんそれは

できない。結局、借りられたのは新見伊賀守のへそくり二十五両のみであった。夜通し待ったが、鳥助たちは戻ってこなかった。青助が見つからぬのだろう。

そして、翌朝、梅王丸はお蜂とともにやたけたの権六の賭場に向かった。梅王丸は南蛮兜をかぶり、巨大な斧を背負って意気軒昂だが、お蜂は悄然としていた。丸二日、住吉の農家の納屋に隠れていたらしい。

「二十五両でなんとかなりますかね」

「向こうはさぞ文句を言うだろうが、粘り強く申し入れて、あとの半分は待ってもらうしかあるまい。それでもかたくなにこちらの言うことを聞かぬときは、わしにも考えがある」

「どうするんです」

「一か八かの勝負に出るつもりだ。それでもよいか」

「あいあい。たとえどんなことになろうと、親方にお任せします」

「青助を見つけて泥を吐かせ、証人として権六たちのまえで証文が偽物であることを語らせるつもりだったが叶わなかった。あとはこれしかない」

権六の賭場は、下寺町の慧沼寺という古寺の客殿だ。この寺の住職はまるでやる気がなく、境内は草ぼうぼうの荒れ放題、山門も本堂も朽ちかけている。昼間から酒を飲み、客殿をやたけたの権六に貸して、その貸し賃で暮らしている。寺や神社は寺社奉行の管轄で、町奉行所の手が届きにくい。それゆえ、罰当たりな話だが、賭場にするにはもってこいなのだ。

蜘蛛の巣が二重、三重に張った廊下を進むと、最奥に賭場があった。なかに入ると、酔いつぶれた権六の子方たちがあたりにごろごろ眠っている。梅王丸はそのうちのひとりを足で蹴飛ばした。

「なにするんじゃい！」

男は怒鳴りながら起き上がったが、相手が兜をかぶった髭面の巨漢だったので急に小声になり、

「えーと、あんたはどちらさんで……？」

「わしは兜小路梅王丸。お蜂の借金を返しにまいった。やたけたの権六はいずれにおる」

「ちょ、ちょっと待っとくなはれ」

男はあわてて部屋を出ていったが、すぐに権六を連れて戻ってきた。権六は欠伸をしながらお蜂を見て、

「お迎えにいくつもりやったのに、そちらから来てくれるとはありがたい話や。連

れにいく手間が省けたわ。さあ、八ッ頭の平吉のところへ行こか」

梅王丸がお蜂をかばうようにずいと進み出て、

「お蜂は渡さぬ。金は持ってきた」

「なんやと……？　梅王丸とかいうらしいけど、あんたはなにものや」

「わしはお蜂の長屋の家守だ。金はほれ、このとおり……」

梅王丸は包みを権六に手渡した。権六は包みを開き、

「えらそうなこと言うて……これでは足らんやないか」

「半分の二十五両ある。残りは少し待ってもらいたい」

「勝手なこと抜かすな。借金ゆうもんはな、たとえ一文でも欠けたら返したことにはならんのや。それともなにか？　お蜂の身体を引き裂いて、半分ずつにする気ぃか」

「そこでものは相談だ。今からこの二十五両を賭けて、ここで勝負をさせてもらいたい。わしが勝てば二十五両もらえるわけだから都合五十両になって、返済できる」

「けど、わてが勝ったらどうなる？」

「二十五両はおまえのものだ。それでもこちらには五十両の借金が残ったままゆえ、

お蜂も渡すことになる」

「ほほう……」

権六は心が動いたようだった。しばらく考えたあと、

「わかった。勝負したろ。丁半でええな」

「かまわぬ。支度をしてくれ」

さっき梅王丸が蹴飛ばした子方のひとりが権六に小声で、

「旦那にきかんでもよろしいんか」

「もうかるとわかってる勝負や。見逃す手はないやろ。それより……頼むで」

「へえ」

男はどこかに去った。残りの子方や用心棒らしき浪人たちも起きてきた。そして、勝負がはじまった。中盆と壺振りが相対して座り、権六も中盆の隣に座った。権六がにやりとして、

「勝負は一回切りやで」

「わかっておる。だが……聞くところではこの賭場では、はじめのうちはほいほい勝つが、途中から急に負けが嵩んできて、とんでもない借金を背負うことになるそうだな」

「な、な、なにを言う……」

「壺とサイコロを寄越せ」

梅王丸は壺振りから壺とサイコロを受け取り、検分した。そのあと、盆茣蓙と盆切れを調べ、壺振りの身体検査もした。権六は汗を拭きながらその様子を見ている。

梅王丸は、

「よかろう」

　と言ってもとの席に戻った。

「気がすんだか」

権六はホッとした顔で、壺振りに向かって顎をしゃくった。壺振りが、

「壺をかぶります」

　そう言うと、サイコロを壺に入れて盆茣蓙に伏せた。お蜂は緊張のあまり顔が青ざめている。

「丁でも半でも好きなほうを選べ。丁やったらわての側、半やったら壺振りの側に座るのや」

「うむ……」

　梅王丸は伏せられた壺をじっとにらみつけていたが、急に権六のほうを向いて、

「そうだ。調べていないところがあったわい」

と言ったかと思うと、背負っていた巨大な斧を右手で摑み、思い切り壺に叩きつけた。壺振りは悲鳴を上げて手を引っ込めた。梅王丸の膂力はすさまじく、壺も盆切れも真っ二つに割れた。しかし、それだけではなかった。盆茣蓙も、そしてその下の床自体がめりめりと音を立てて裂け、大きな穴が開いた。床の下は空洞になっていたらしく、割れた床板がそこに落ち込んでいく。濛々と木屑や埃などが舞い上がるなか、梅王丸は穴に太い腕を突っ込むと、なにかを引きずり上げた。それは、梅王丸が蹴飛ばして起こした子方だった。

「おまえの賭場では縁の下にこんなモグラを飼っておるのか」

権六は顔を伏せた。

「イカサマを使わぬと勝てぬ、か。おまえがイカサマで青助を博打にのめり込ませたことも、お蜂をはめて偽の証文をでっちあげさせたこともわしにはわかっておる」

「な、なにを言う。証拠があるんかい!」

「そう……証拠がない。逃げた青助さえ捕まえることができれば、おまえのやったことを白状させられるものを……」

「わてはなんもしとらん。青助は賭場で借金をこしらえた。それが払えんさかい身の危険を感じて逃げよった。わては証文どおり、その肩代わりをお蜂にしてもらう。それだけの話や」

「勝負するなら、こんな手を使わず正々堂々と来い」

権六は舌打ちをして、

「やっぱり勝負はやめや。お蜂をこっちに寄越せ」

権六が猿臂を伸ばしてお蜂の手首を摑もうとしたとき、

「勝負……おもろいやないか。その話、乗らせてもらおか」

そう言いながら部屋に入ってきたのは、大松屋龍右衛門だった。お蜂が、

「大松屋の旦さん、なんでここへ……？」

「ほっほっほっ……こうなったらなにもかも言うてしまお。じつはな……」

龍右衛門はふところから証文を取り出して、お蜂と梅王丸に見せた。

「この証文、権六からわてが買い取ったのや。どうしてもお蜂、おまえをわてのものにしとうてな……」

お蜂の目が吊り上がった。

「とうとう本性出したね。あたいはあんたが虫かごを捨ててることも知ってたよ」

「ほっほっ……あんなもん欲しいことない。わての欲しいのはおまえや」

梅王丸が、

「そうか。それでわしの長屋に来たのだな」

「そういうことや。見事に見破られて退散したけど、今日はそうはいかんで。正々堂々と勝負……その言葉気に入った。権六はイカサマ使うたかもしらんけど、この証文は生きとるで。おまえらも半分の二十五両を持ってきたさかい、このままお蜂をわてが連れてかえるのはちょっとすっきりせん。お蜂にちゃんと納得してもろたうえで妾にしたいからな」

お蜂は唇を嚙んだ。

「わては勝負ごとがなにより好きな男や。おまえらとわてと勝負して、勝ったほうがお蜂をもらう、ということにしよやないか」

「女をもの扱いするのは気に入らぬが……」

「ほな、今日中に二十五両持ってこれるのか」

「くそっ……この際いたしかたない。——お蜂、どうする?」

「どんなことになろうと親方に任せると言いました」

梅王丸は龍右衛門に向き直ると、

「勝負しよう。丁半だな」

「いや……将棋や」

「将棋だと？」

「わては勝負ごとはなんでも好きやけど、将棋がいちばん好きや。せやさかい将棋で勝負したいのや」

「しかし、わしは将棋などこどものころに二、三度指したきりだ。もう忘れてしまったわい」

「あたいなんか駒の並べかたも知らないよ」

「ほっほっほっ……おまはんらが指すのやない。それぞれ名代（みょうだい）を出すのや」

「名代だと……？」

龍右衛門が言うには、たがいにひとりずつ、代わりに将棋を指すものを立てて、対戦させるのだという。

「わしは将棋指しの知り合いなどおらぬぞ」

「わてがだいたい同じぐらいの腕の連中をふたり連れてくるさかい、おまはんらはそのなかから強いやろと思うほうを先に選ぶのや。それなら公平やろ？」

「なるほど……。だが、そのふたりが示し合わせていて、わしらが選んだほうが負ける手はずになっているかもしれぬではないか」

「わてはそんな卑怯(ひきょう)なことはせんけどな、心配なら審判役を立てるわ。真剣に指してるのか、わざと負けようとしてるかぐらい、将棋の上手(うま)いもんなら見たらわかる。わての知り合いで森田屋宗五郎という茶道具屋さんがたまたま江戸から来てはるのやが、本職の将棋指しよりも強いおかたや。そのひとに審判役をしてもらおか」

「三日まえにたまたま会った男は、将棋に負けるのには腕がいる、と言うておったぞ」

「そらそうや。そんなことができるのはよほど強いやつやな」

「では、その森田屋という御仁に審判を頼んでくれ」

梅王丸はお蜂に、

「それでよいか。丁半なら勝てるかどうかは運次第だが、将棋なら名代の選びかたによっては腕次第ということになる」

「わかりました。けど、こないだの料理勝負以来、勝負づいてますねえ」

「あのときは勝った。今度も勝つ」

梅王丸が龍右衛門に、

「将棋勝負、受けよう」

龍右衛門が締めくくるように、

「ほな、決まりや。勝負は明日の四つ（午前十時）、場所はわての店の座敷でどや」

「承知」

こうして話が決まった。梅王丸とお蜂が帰ったあと、やたけたの権六が龍右衛門に、

「将棋勝負やなんて、それでよろしいのか？　向こうが勝つかもしれまへんで」

「丁半でイカサマを使えんかったら、勝つか負けるかは運任せ……ごぶごぶや。ひょっとしたら負けるかもしれん。わてはな、この機にぜったいにお蜂をわてのものにしたいのや。将棋にしたのはそのためや」

「ほたら、なんぞ仕掛けでも？」

「ちゃんと考えてある」

龍右衛門は権六の耳にごしょごしょとささやいた。

「ひっひっひっひっ……どこが正々堂々の勝負や。旦那（だんな）もひとがお悪い」

「こうでもせんと、欲しいものは手に入らんわいな」

「けど……ちょっと弱おまっせ」

「そうか？」

「旦さんが仕込んだそのおひと……どれほど強いか知りまへんけどな、万が一負けたらどうします？」

「そんなことはないと思うけど……」

「イカサマのない勝負ごとに絶対はおまへん。もうひと押し欲しいとこだすなあ」

「もうひと押し、か……」

龍右衛門は少し考えて、

「あるある。もう一押し、あるわ」

そう言ってニタッと笑った。

◇

「というわけでな、また例によっておまはんに負けてもらいたいのや。ただし、将棋に詳しいものが見ても、わざと負けたのやない、という負け方をしてほしい」

「そら商売だすさかい喜んでお引き受けしますけど……旦那が相手とはちがいますのんか」

「そや。詳しいことは言えんのやが、わてとある女が賭け将棋の勝負をすることになってな。直に勝負するわけやない。どちらも名代を立てるのや」

「ほー、艶(なま)めいた話だすな。もしかしたら、まえに言うてはった、旦さんが懸想しとる、という……」

「ほほほ……そういうこっちゃ。お蜂というその女も将棋が好きでな、『将棋勝負をしてわてが勝ったら妾になってくれ。おまえが勝ったら男らしゅうすっぱりあきらめる』ともちかけたら、そこまでおっしゃるならば、と言うことに決まったのや。向こうも、ほんまはわての世話になりたいのやが最後の最後に二の足踏んどる。それを後ろから押すための将棋勝負や。まあ、ちょっとした調伏（冗談でいたずらをしかけること）やな」

「調伏だすか。それやったら加担させてもらいます。――つまり……わては旦さんの名代だすな」

「アホやな。そやないそやない。おまはんはお蜂の名代や。せやから『負けてくれ』と頼んどるのや。名代ふたりをわてが人選して、そのどちらを自分の名代にするかはその女に決めさせる。これなら公平やろ」

「それやったら、その女がわてを名代に選ぶかどうかわかりまへんがな」

「それがわかるのや。おまはんの相手は、まだ十歳ほどのこどもや。お蜂は、どう考えてもおまはんのほうが強いと思うて、おまはんを選ぶやろ」

　旧太郎の頭に、紀州での一件がよぎった。あの大泣きしていた若さま……負けてやったらよかった……。

「承知しました。そのこどもさんはどちらのお子さんだす？」

「わての知り合いの息子さんで、宗吉ゆう子や。親と一緒に江戸から上方見物に来てて、今はわての家に泊まってもろてる」

「あんまりへぼな腕やったら、わても上手には負けにくうおますけど……」

「大事ない。とんでものう将棋の強い子でな、江戸では神童と呼ばれとるらしい。今のところ、負け知らずやそうな。めちゃくちゃ強いで。わてでは歯が立たん。おまはんが本気で指しても、勝てるかどうかわからんぐらいや」

「ひひひ……そら負け甲斐がおまんなあ」

「お蜂は、きっとこどもやのうてあんたを選ぶ。あんたは負ける。それでお蜂はわてのもんや。あんたを男と見込んでの頼みや。絶対に負けてくれ」

「わても『だれにでも負けたる屋』の看板上げてる以上は、負けろと言われたら負けます。負けるにも勝つにもこっちは命張ってやっとります。一度引き受けた以上は、かならず立派に負けてみせます」

「その言葉を忘れんでくれ。審判役は例の森田屋さんや」

「ああ、あのひとはかなり強いさかい審判にはもってこいだす。わてがちゃんと負けたかどうか見届けてくれますやろ」

「わてはお蜂に惚れてしもたんや。向こうもわてを憎からず思うとる。お蜂の幸せにもつながるのや。わては三年まえに家内が死んで以来独り身やさかい、妾ゆうたかて本妻なみに扱うつもりや。この恋成就させてくれ。——これは少ないけどお礼や」

一分銀が四枚、つまり一両である。

「えっ、こんなに？　いつもの一朱でよろしいわ」

「いやいや、わての気持ちや。とっといて。そのかわり、約束は守ってや」

「わかりました。お世話になってる旦さんの頼み、命にかえてもかなえてみせます」

旧太郎は胸を叩いた。

◇

翌朝、ひとりの男が旧太郎の住む長屋を訪ねてきた。歳はまだ若く、二十歳にもなるまい。身ごしらえは立派だ。井戸端で洗濯をしているかみさん連中のひとりに、

「卒爾(そつじ)ながらものをたずねたい。この長屋に旧太郎殿という将棋指しが住んでおられますまいか」

硬い口調で言った。町人髷(まげ)を結っているし、大小も差してはいないが、もとは侍ではないか、とかみさんは思った。

「旧さんの家はそこやけど、今はおらんで」

「ご商売にお出かけかな。せっかく来たのだ。待たせていただこう」

「今日は朝から、大松屋いうところで大事な将棋の勝負があるさかい、帰りはいつになるやわからん、て言うていったで」

「大松屋で将棋の勝負とな……？」

「なんでも、こども相手に将棋指すらしいわ」

「ほほう……相手はこどもか」

男は興味深そうな顔をした。

◇

その日、大松屋はいつもと同じように商売をしており、表からは今日将棋勝負があるとはわからない。しかし、一歩なかに入ると空気はぴんと張り詰めており、主(あるじ)

の龍右衛門はそわそわと落ち着かず、店と奥を行ったり来たりしている。梅王丸とお蜂の到着を待っているのだ。そんな主の緊張が伝わるのか、丁稚も手代もどことなく普段とはちがう顔つきで働いている。

「ごめん！」

梅王丸の大きな頭がぬうと入ってきた。龍右衛門はびくりとしたが、

「お蜂はどこや」

「ここにおる」

梅王丸の陰からお蜂が顔を出した。

「ほっほっほっほっ……よう来たよう来た。今日からはもっとええべべ着て、美味いもん食て、柔らかい布団で寝られるからな、楽しみにしとれよ」

お蜂のしかめっ面を見て龍右衛門は、

「今は嫌がっとるが、慣れたらきっとおまえもここの暮らしが気に入るはずや」

梅王丸は、

「わしらは勝負をしにきたのだ。ぐだぐだといらぬことをしゃべるな。――上がらせてもらうぞ」

「わかった。おなべ、案内したれ。――おい、その小さいのはなんや」

お蜂のうしろに少女がいることに気づいて龍右衛門が言った。

「うちは『小さいの』やない。千夏や」

「なにしに来た」

梅王丸が、

「わしらの昼飯を作ってもらうために連れてきた。いかぬか？」

「いや、まあええけど……」

「この子は、先日の料理勝負でも料理屋の花板を負かしたほどの腕だ。おまえたちも食べたければなにか作ってもらうがいい」

そう言うと、梅王丸はお蜂を従えて、廊下をのっしのっしと進んでいった。千夏は龍右衛門にあかんべをすると、梅王丸たちを追った。龍右衛門は舌打ちをして、

「お蜂……あんな貧乏長屋の暮らし、すぐに忘れさせたるわ」

そうつぶやいた。

◇

広い座敷の真ん中に足つきの将棋盤と駒、それに小さな太鼓がぽつんと置かれている。そのすぐそばに座っているのは審判役の森田屋宗五郎だった。少し離れたと

ころにお蜂と梅王丸が着座した。龍右衛門は、

「ほな、これより将棋勝負をはじめます。審判役は森田屋宗五郎さんにお願いいたしました。公正な審判をしてくれはると思います」

宗五郎は梅王丸たちに頭を下げると、

「審判の森田屋宗五郎でございます。ご両所、まずは賭け金を真ん中に置いてもらいましょう」

大松屋龍右衛門と梅王丸はそれぞれ二十五両を布に包んだものを将棋盤の横にある台のうえに載せた。

「今からふたりの人物を呼び入れます。まず、お蜂さんから、そのうちのどちらかを名代として選んでいただく。残るひとりが大松屋さんの名代ということになります。ここに鉢巻きが二本ございます。お蜂さん側の名代にはこちらの『お蜂』と書かれた鉢巻きを、大松屋さん側の名代にはこの『龍右衛門』と書かれた鉢巻きをしていただく。勝負の開始はこの太鼓を叩くことで知らせます。太鼓が鳴ったら、席を立ってはいけませぬ。もう一度太鼓が鳴ったら昼食のための半刻（一時間）の休息に入ります。昼食のあと、再開時にも太鼓を鳴らします。よろしいな」

お蜂と龍右衛門はうなずいた。

女子衆（おなごし）のひとりが襖（ふすま）を開くと、そこにふたりの人物が立っていた。梅王丸はふたつの意味で驚いた。ひとつは、ひとりが十歳ぐらいのこどもだったからで、もうひとつは、あとのひとりがあの「誰にでも負けたる屋」だったからだ。旧太郎は梅王丸に気づき、ぺこりと頭を下げた。お蜂が小声で梅王丸に言った。

「あのひと、親方の知り合いですか？」

「うむ……酔っぱらった浪人に斬られそうになっているのを助けたことがある。将棋を商売のタネにしておるそうだ」

「では、よほど強いのですね」

「だろうな」

「もうひとりは、どれほど強いかしらないけどこどもです。こういう大一番は不慣れのはず。商売で将棋を指しているおひとのほうが……」

「わしもそう思う」

一方、旧太郎は当惑していた。大松屋と勝負するお蜂という女の後見役は、先日命を救ってくれた梅王丸という人物ではないか。もし、お蜂が旧太郎を選んだら、お蜂と梅王丸側は負けることになる。それを事前に彼らに伝えるわけにもいかず、旧太郎は悶々（もんもん）とした。しかも、お蜂という女はずっと大松屋龍右衛門を親の仇（かたき）のような目でにらみつけている。

（もしかしたら大松屋の旦（だん）さんの言うような「どちらも憎からず思うてる」間柄やないかもしれんな。えらい勝負引き受けてしもたんとちがうか。梅王丸ゆうおかたはわての命の恩人やさかい負けさせるわけにはいかん。せやけど、大松屋の旦さんからは一両もろて、『旦さんの頼み、命にかえてもかなえてみせます』て言うてしもた。ああ、どないしたらええのや……）

旧太郎は、梅王丸たちが自分ではなく、宗吉というこどもを指名することを心のなかで切願した。

森田屋宗五郎が、

「片方は、江戸でおとな顔負けと評判の『将棋小僧』の宗吉殿、もう片方は将棋勝負を生業（なりわい）にしている旧太郎殿。どちらも私の目から見て、とてもお強いと思いまする。――では、お蜂さん、このふたりのうちからひとりを選んでくだされ」

お蜂はすぐに、

「こちらのおかたにします」

そう言って指差したのは旧太郎だった。旧太郎はうなだれた。宗五郎はうなずき、

「ならば、大松屋さんはこちらのこどもということになります。もう変えてはなり

ませぬぞ。おふたりとも鉢巻きをそれぞれの名代にお渡しなされよ」

　こうして名代が決し、旧太郎は「お蜂」、宗吉というこどもは「龍右衛門」という鉢巻きを締めたとき、いきなり廊下側の襖が開いた。立っていたのは、見知らぬ若者だった。龍右衛門は顔を上げて無愛想に、

「どなただす。見てのとおり、今から大事な勝負がおますのや。出ていってもらいまひょか」

「わしは、徳田橘内と申すもの。本日こちらでなにやら面白そうな将棋の対局があると聞いてやってまいった。見物させてはくれまいか」

「ええっ？　徳田橘内というと、あの『将棋之理』の……」

「わしの本をご存じとはありがたい」

「いや、その……こんなお若いかたやとは思とりませんでした」

　龍右衛門は咄嗟に頭のなかで算盤を弾いた。

（若いけど大先生や。お近づきになっといて、悪いことはない……）

　そう考えた龍右衛門は、森田屋宗五郎に向かってうなずいた。宗五郎は、

「今日の勝負は、まだ十歳の宗吉というこどもと、将棋渡世の旧太郎という男の勝負です。もし、よかったらそこでご観覧なされよ。ただし、中身に口を差し挟んだ

りすることはやめていただきたい。――ところで、徳田先生はどちらでこの勝負のことを耳になされましたか？」

「旧太郎という御仁から書肆宛てに手紙が来たのでな、一度お会いしたいと思いお訪ねしたるところ、お留守であった。長屋の住人に、こちらでの将棋勝負に出かけたと聞いたので来てみたのだ」

そう言うと、自分で持ってきたらしい折り畳み式の床几にちょこんと座った。

そのあと、試合の合図は太鼓によって行うこと、お蜂側の名代は「お蜂」と書かれた鉢巻きを、大松屋側の名代は「龍右衛門」と書かれた鉢巻きをすること、勝負の最中に席を立つと失格、一度締めた鉢巻きを外すと失格（ただし、昼食中は可）、まわりから勝負に関する助言を受けると失格、二歩、打ち歩詰め、千日手などの反則を犯すと失格、一度手にした駒は動かさないと失格……などといった勝負の式目が宗五郎によって念押しされ、

「では、はじめますぞ」

宗五郎が太鼓を打ち鳴らした。座敷のなかの緊張はいやがうえにも高まり、宗吉はもちろん、さすがの百戦錬磨の旧太郎も脂汗をかいているが、徳田橘内だけはくつろいだ様子でにこにこと盤面を見ている。振り駒の結果、宗吉が先手と決まった。

まずは、角道をあけた。旧太郎は飛車のうえの歩を進めた。

旧太郎は焦っていた。勝つわけにはいかない。だが、負けるわけにもいかない。相反することを同時に行うのはいくら旧太郎でも無理である。勝たぬように、負けぬように指し続けるしかないが、それも限界がある。勝つ気がないことを森田宗五郎や徳田橘内に見破られたらそれまでだ。一方、宗吉のほうははじめのうちは硬かったが、次第にのびのびしはじめた。旧太郎も、「将棋小僧」宗吉の腕を認めざるをえなかった。

(このままでは負けてしまう。そうなると、梅王丸さんに迷惑がかかる……)

旧太郎は生まれてはじめて目のまえの盤をひっくり返したい衝動に駆られた。そのときである。

(もしかしたら……)

相手の手筋を見ているうちに、ふと疑問に思ったことがあった。その疑問はそのうちに確信に変わっていった。旧太郎は思わず笑いだしてしまった。

「はははは……あはははは……そやったんか！　やっと気づいたわ」

森田屋宗五郎が顔をしかめ、

「対局中に無駄口は慎みなされ」

「無駄口やおまへん。あんたがだれであるかもわかりましたで」

「なんだと……」

旧太郎はにやりとして、

「将棋好きの江戸の茶道具屋森田屋宗五郎さん……やのうて、将棋家元御三家のひとつ大橋家のご養子で次期名人の呼び声も高い大橋宗五八段やおまへんか？　このお子の手筋を見ていると、なんとのう宗五さんの手筋に似てるなあ……と思うようになって、先日の対局のときのあんたの手筋を思い出して……ははは、そういうことだしたか」

森田屋宗五郎こと大橋宗五は真っ赤になった。こどもは心配そうに宗五を見ている。

「ということはこのお子も『将棋小僧』宗吉くんやない。宗五さんのご長男で、三十二連勝中の大橋宗太くんだすやろ」

宗吉こと宗太は青くなった。

「あの日、大松屋さんを出てしばらくしたとき、わては浪人に斬られかけました。酔っぱらった浪人がからんできたのやとばかり思てましたけど、もしかしたらあれは宗五さんの差し金やおまへんか？」

龍右衛門が宗五に、

「先生、わてに内緒でそんなことを……」

「し、知らぬ。こやつが勝手に言うておるだけだ！　わしはそんな卑怯な真似はせぬ」

旧太郎は冷ややかに、

「あんたがだれであろうと、この勝負には関わりおまへん。わてと宗太くんは、ただ指すだけでおます。けど、対局してる片方の親が審判というのはおかしいことおまへんか」

そう言って龍右衛門を見た。龍右衛門は咳払いして、

「そらそうやけど……ほかに代わりはおらんし……」

彼は座敷をぐるりと見渡して、

「そや……徳田先生、審判役をお願いできまへんか」

「わしが、か」

「へえ、勝負の行方を見て、不正や反則があったら言うてくだされば けっこうでおます」

「わしが皆に守ってもらいたいことはただひとつ……勝つにせよ負けるにせよ『将

棋の法』に外れた行いをせぬこと、それだけだ。守れるというならば、わしがその審判役とやらを引き受けよう」

「よろしゅうお願いいたします」

対局は再開された。相変わらず旧太郎はひたすら勝たぬよう、負けぬように試合を進めている。宗太はぐいぐいと攻めてくる。そんななか、千夏がふたりに紙を配り、

「今日持ってきた材料でできる昼ご飯を書いてあるさかい選んでや。うちが腕に縒りをかけて作ったるさかいな」

旧太郎は「木の葉丼」、宗太は「豆腐の煮込みとご飯」を選んだ。

「ほかのみんなの分もこさえたるで」

千夏が言うと、梅王丸は「梅干しの入った握り飯」を所望した。お蜂は、

「あたいは気が気じゃなくて、とてもご飯なんか喉を通らないよ。でも、せっかくだから……鰻丼をお願いしようかね」

「ほな、うちは料理の支度してくるわ」

そう言って座敷を出た千夏は、大きく息を吐いた。

（あー、息苦しかった……）

自分も料理勝負を経験したが、勝負の当事者よりも傍で見ているほうが緊張するものらしい。

（お蜂姐ちゃん、がんばってや……）

千夏はそう思った。

千社札貼ったる屋の鳥助、恋金丹のひょろ吉、とっこい屋の重松の三人は青助を捜して徹夜で大坂中を歩いたが、その行方はわからなかった。

「もう大坂におらんのとちがうか」

しかし、旦那寺は通行手形を発行していなかった。

「四つか。勝負、はじまっとるやろな」

「そうだな。手遅れにならなきゃいいが……」

欠伸を嚙み殺しながら青助の立ち回りそうな場所を回っていたふたりだが、ひょろ吉がふと立ち止まり、

「おい……わてら、勘違いしてたんやないやろか」

「なんのことだ」

「わてらは、青助ゆうやつが権六から逃げてる、と思てたさかい、権六の家や賭場(とば)の近くにはおらんと決めつけてたけど、よう考えたら、逆やったかもわからん」

「逆だと？」

「権六が青助をだまして博打(ばくち)に引き込み、借金を作らせたのが、お蜂を請け人にした偽の証文を作るためやったとしたら、青助にそのことをしゃべられたら厄介や。権六は『逃げた』ゆうとるけど、ほんまは半殺しにしてどこぞに閉じ込めとるのとちがうか」

「なるほど、ありそうなことだぜ」

　こういうときはどこにでも忍び込める鳥助が重宝する。しかし、権六の家や賭場、八ツ頭の平吉の家などに青助の姿は見あたらなかった。

「だれでも思いつくようなところにはおらんな」

　なおも聞き込みを続けているうちに、権六が行きつけにしている煮売り屋の主(あるじ)から、権六の親類が毛馬村(けまむら)にいるらしい、という話を聞いた。三人は藁(わら)にもすがる思いで毛馬村に赴いた。あちらでたずね、こちらでたずねしてみたものの、権六の親類という人物の居場所はわからない。

「やたけたの権六？　知らんなあ」

疲れたので休憩した茶屋の親爺(おやじ)にきいてもにべもなかった。隠している様子もないので、本当に知らないのだろう。その親類にしても、博打打ちの親方をしているヤクザもののことは村の連中には内緒にしているのかもしれない。

「困ったなあ。もう昼やで」

鳥助が茶を飲みながら空を仰いだとき、

「おい、タニシ川がまたや」

百姓らしき男がやってきて、茶屋の主に声をかけた。

「またかいな。どうなっとるんや」

重松が、

「なにかあったのかい？」

茶屋の主は、

「へえ……こないだからこの裏手にあるタニシ川ゆう小川の水が、ときどき青く染まりますのや」

「なに？」

三人は顔を見合わせた。

「青……青助……おい、ひょっとしたら……」

「そうだな。ひょっとするかもな」

さっそく小川に行くと、たしかに水が青みを帯びている。

「おい、ほんまに青いで」

鳥助が言うと重松も、

「そのようだな。こいつぁいったい……」

ひょろ吉が、

「どうやらだれかが藍を流したらしいな」

三人はその流れに逆らうように上流に向かった。

「あそこに染めもの屋があるで」

ひょろ吉が指さしたところには「吉田屋」という染めもの屋の看板があった。染めものには大量の水が必要なので、川沿いに店を建てるのが普通である。店先で洗い張りをしていた男に重松が、

「ちっとばかりものをたずねるが、ここはやたけたの権六の親類の家かい？」

男は重松から目をそらし、

「さ、さあ……なんのことだすかいな」

その様子を見ていた鳥助がいきなり駆け出して店の裏に回った。そこには小川の

間近に建つ土蔵があった。鳥助はふところから道具を出して、土蔵の鍵(かぎ)を外そうとした。さっきの男が駆けつけてきて、

「やめんか！」

そう叫ぶと、割り木で鳥助に殴りかかってきた。しかし、重松が後ろから男の手首を蹴(け)り上げ、男は割り木を落とした。

「おい、開いたで」

鳥助が外れた錠を地面に捨て、蔵の扉を開いた。なかに入った三人は、そこで憔悴(しょうすい)しきった男がぐったりしているのを見つけた。ぼこぼこに殴られたらしく、顔が腫(は)れあがっている。染めもの屋の男が、

「おい、そいつは弟の権六からの預かりものや。博打の借金を踏み倒そうとした悪党や、て言うとった。逃がしたら、あいつにすまん」

重松が、

「権六は偽の借金の証文をこしらえて、五十両だましとろうとしたんだ。もし、関わり合いになったら、あんたも手が後ろに回るぜ」

そう言うと、男は驚いたように青助を見た。

◇

旧太郎がずるずると勝負を引き延ばしているうちに、太鼓が鳴らされ、昼食の時間になった。旧太郎と宗太は一礼して鉢巻きを外し、席を立った。宗太の控えの間は大きかったが、旧太郎にあてがわれたのは小さな部屋だった。襖(ふすま)を閉める。どっと疲れが襲ってきた。口のなかがからからなので、茶を一気に飲み干した。

（こんなしんどい将棋、はじめてや……）

負けるわけにもいかず、勝つこともできない。しかし、このまま永久に勝敗をつけずにいるわけにもいかない。午後からの再開に気が重かった。どうすればいいのか、先行きが見通せないのである。

話がちがうやないか、と旧太郎は思った。あの女が二の足踏んでるのを押す役目だ、と聞いていたが、どう見ても、あの女は嫌がっている。嫌がっている女を自分のものにするために将棋を使う、というのが気に入らなかった。それに、大橋宗五とそのこどものことでも嘘をつかれていた。

（騙(だま)されたのやろか……）

もらった一両を返して、勝負からおりようか、とも思ったが、

（「だれにでも負けたる屋」の看板上げてる以上は、負けろと言われたら負けます、負けるにも勝つにもこっちは命張ってやっとります、一度引き受けた以上は、かならず立派に負けてみせます……そう見得切ってしもた。もし、この勝負でわてが負けなんだら、将棋指しの看板はおろさなあかん。大松屋はわてに金払て、負けてくれ、と言うた。わては、引き受けた……）

旧太郎は煩悶した。

（とにかく、負けるのならあの先生……徳田橘内先生にわざと負けたと気づかれんように負けなあかん。ああ……どうしたらええのや……）

ため息をついた途端、襖が開いた。旧太郎はびくっとして身を硬くしたが、入ってきたのは龍右衛門ではなく、女の子だった。

「おっちゃん、どないしたん？　えらいびっくりして……。うち、お昼ごはん持ってきただけやで」

「あ……ああ、そこに置いといてんか」

千夏は、蒲鉾を玉子とじにした木の葉丼と吸いものを載せた盆を旧太郎の横に置いた。

「食べる気にならんかもしらんけど、めちゃ美味しいさかい、熱いうちに食べんと損やで」

「これ、おまえが作ったんか。上手やなあ」

「うちもこないだ、料理勝負したんや」

「へえ……近所の子とか？」

「アホかいな。『春暦』ゆう料亭の元花板やった板前とや。みんなに助けてもろて、なんとか勝ったけどな。せやから、勝負のつらさはようわかってる」

「そうか。おっちゃんはな、この勝負、勝つことも負けることもでけへんねん。それで困ってるのや」

「そういうときはなんも考えたらあかん。勝負の流れに身を任せて一生懸命やってたら、そのうち将棋の神さんが助けてくれる。きっとなにかが起こると思うわ」

　そう言うと、女の子は出ていった。

（なんにも考えたらあかん、か……。そやなあ、考えてもどうにもならんもんな。考えるだけ損や）

　旧太郎は昼飯を食べることにした。

（美味い……！　花板と勝負して勝った、て言うてたけど、ほんまかもしれんな……）

軽く焼いて焦げ目をつけた薄切りの蒲鉾にとろりとした玉子がかかり、熱々の飯に染み込んださっぱりと甘い出汁が混ざり、しゃきしゃきした青ネギの歯ざわりと香りも加わってなんとも言えない味わいだった。旧太郎は少しだけ幸せな気分になった。

（よし、午後の勝負、どないなるかわからんけど一生懸命指すで……！）

旧太郎の頭に、徳田橋内の「勝つにせよ負けるにせよ将棋の法に外れた行いをせぬこと」という言葉が浮かんでいた。

◇

龍右衛門が自室で、千夏の作ったしっぽくうどんを美味い美味いと食べていると、大橋宗五が入ってきた。その顔は怒りに満ちている。

「どうしてくれるのだ、大松屋！」

「なんのことだす？」

「わしとせがれの素性がばれてしもうたではないか。この勝負、絶対に負けられぬ」

「心配いりまへん。旧太郎がなんぼ強いゆうたかて、所詮は流しの将棋指し。御三家の大橋先生の坊ちゃんとは比べものにならんはず。しかも、あいつには金を渡して、負けろ、と言うてあります。旧太郎は、負けろ、て言うたらかならず負ける男だす。この勝負、わてらの負けようがおまへんがな」

「ただの小児ならばともかく、大橋宗五の息子が市井の棋士に負けたとあっては、大橋家の名に傷がつく。それだけは避けねばならぬ……」

「万が一のときには、梅王丸とお蜂、徳田橋内に口止め料を渡すことにします」

「甘い！　ひとの口に戸は立てられぬ。思い切ってばっさりとやるほうがあと腐れがなく確実だ」

「やっぱり旧太郎を浪人に襲わせたのは先生だしたか……」

「今度、江戸で大きな対局がある。それに勝って九段になればわしは名人位になれるのだ。そんな大事なときに、上方の名もない将棋指しごときに負けた、ということが噂になったら……わしは対局から外されるかもしれぬ。いや、大橋家の跡を継ぐ話自体帳消しになるかもしれぬのだ。それゆえあの男のあとをつけ、江戸で用心棒として雇っている腕の立つ侍にあの男を消すように命じたのだ」

「そんな侍を雇うてはりますのか」

「ははは……あやつはわしが将棋の指南をしていたさる大名の家臣でな、同僚と対局の折に口論になり、相手を斬り殺した。切腹の沙汰が下るところをわしの取り成しで腹を切らずにすんだ。それゆえ、わしの言うことならなんでも聞く」

「なるほど……」

「将棋はともかくも、剣術の腕はよほどすぐれた傑物だそうだ。わしが名人になり、宗太にわしの跡を継がせて大橋家の将棋界での地位を盤石にするために、あの男に酔いどれ浪人のふりをさせて旧太郎とやらの口を塞がせるつもりだったのだが……思わぬ邪魔が入ってな……」

「だれだす？」

「あの梅王丸という男だ」

「それはまずい……」

「そう……まずいのだ。その用心棒は今日も連れてきておる。もし、宗太が旧太郎に後れを取るようなことがあったら、と思うてな」

「先生は江戸では平気でそういうことしてなはるのか」

「負けてはならぬ対局のときには、そのようなこともある」

「まあ、わても隣の部屋にやたけた一家の連中を待たせとりますけどな。——これは、坊ちゃんには聞かせられん話だすな」

「勝負の世界には汚い面もある。要は勝てばよいのだ」

大橋宗五はそう言い放った。

昼食休憩が終わり、午後の部が始まろうとしていた。千夏は宗太に、

「どやった、豆腐の煮込み？」

「とても美味しかったです。活力が湧いてきました」

宗太はにっこりした。旧太郎と宗太はそれぞれの席に着いた。

「それでは勝負を再開する。一度(ひとたび)着座したら席を立てぬゆえ用便は今の間に済ませておくべし」

徳田橘内の宣言のあと、それぞれが鉢巻きを手に取り、額に食い込むぐらいにしっかりと締めた。だだん……と太鼓が打ち鳴らされ、対局が再開された。しかし、なにかがおかしい。しばらく指しているうちに、その「おかしさ」の理由が明らかになった。

「待て」

徳田が声をかけた。宗太と旧太郎が徳田を見た。

「鉢巻きが違(ちご)うておる」

そうなのだ。一旦(いったん)外した鉢巻きを締め直すとき、宗太が間違って、「お蜂」と書かれた鉢巻きを手に取ったのだ。旧太郎も、残ったもう一本の「龍右衛門」と書かれた鉢巻きを締めた。つまり、おたがい逆の鉢巻きを締めて勝負が再開したのだ。

宗太があわてて鉢巻きを外そうとしたが、

「ならぬぞ。一度締めた鉢巻きを外すと失格だ」

徳田橘内が言った。

「では……どうすれば……」

「お蜂の名代は『お蜂』と書かれた鉢巻きを締め、大松屋の名代は『龍右衛門』と書かれた鉢巻きをするのが決まり。ならば、そなたは鉢巻きの名前どおり、『お蜂』として指すがよい。おまえが勝てば、お蜂の勝ちになる。旧太郎は『龍右衛門』として指すことになる。勝てば龍右衛門の勝ちじゃ」

宗太は、とまどった表情のままだ。

「わからぬか。つまり、龍右衛門が勝つには、おまえは負けねばならぬのだ。しかも、将棋の法に外れてはならぬ。対局を途中で投げ出したり、わざと反則を犯したりしたら、今後、おまえは公の対局には出られぬことになろう。あくまで誠心誠意勝ちを目指し、そのうえで負けたならおまえの勝ちじゃ」
　宗太は泣きそうな顔で父親のほうを向いたが、大橋宗五はどうしてよいかわから
ずかぶりを振っている。徳田は旧太郎に向き直り、
「おまえも同じだ。わざと下手な手を指して、負けてはならぬぞ。わしはそれがで
きているかどうか検分しよう。――大松屋、それでよいな」
　龍右衛門は、
「いや、なんぼ徳田先生のお言葉でも従いかねます。負けたほうが得になる、やな
んてそんなわけのわからん将棋、聞いたことないわ」
「これはおまえが決めたことなのだ。わしは審判役としてその法を守るよう双方に
強く望む」
　龍右衛門は引き下がるしかなかった。
　一方、旧太郎は俄然やりやすくなった。龍右衛門からはもともと「負けてくれ」
と頼まれているわけだし、負けたらお蜂側の勝ちになる。旧太郎は内心、
（将棋の神さんや……。神さんが助けてくれはったのや……）
　そう思った。
　こうして前代未聞の将棋がはじまった。対局者がどちらも、相手に負けたがって

いるのだ。しかも、あくまで勝ちにいっていると見せかけながら負けなければならない。大駒を歩のまえに無防備に放り出したりするような見え見えの悪手を指すことや、反則負け、試合放棄は許されない。こういうことが得意中の得意である旧太郎も徳田の目が光っているのでやりにくくはあるが、これまでずっと勝ち続けてきた宗太にとってははじめてのことである。必死になって、どうすれば不利になるかを考えつつ、相手が勝つように持っていかねばならないのだ。どんな詰将棋よりもむずかしいことである。

徳田ひとりがにこにこ顔だが、梅王丸、お蜂、大松屋龍右衛門、大橋宗五の四人はどうなることかとはらはらしながら一手一手を見つめている。たがいに負けたがっているのだから、当然、盤上は定跡が一切通用しない、わけのわからない状態になっている。そして、宗太が父親に、

「父上……どうすればよいのかわかりませぬ！」

悲痛な声で叫んだ。徳田が大橋宗五に、

「助言を与えてはならぬぞ」

宗五は息子に、

「とにかく負けるのだ。真摯に指して、負ければいいのだ」

「無理です！　私にはできませぬ。父上に、かならず勝つ将棋は教わりましたが、負ける将棋は習うて（なろ）おりません！」

「無理でもやるのだ。おまえならできる」

宗太は半べそをかきながら将棋盤にむりやり顔を向けた。旧太郎は落ち着いていたが、宗太は次第に顔色が悪くなり、汗をかきはじめた。明らかに恐慌をきたしているようだ。そしてついに対局が終わるときがきた。宗太が「こう指せば勝てる」という定跡通りの局面になったとき、勝手に指が動き、身体に染み込んだ「勝つ一手」を指してしまったのだ。それに気づいた瞬間、宗太は両手で頭を抱え、大声で、

「ああああっ……いつもの癖でうっかり勝ってしまった！　勝ってはいけなかったのに……」

そして、ぼろぼろと大粒の涙をこぼしはじめた。旧太郎は頭を下げ、

「負けました」

徳田橘内は、

「お蜂側の勝ちとする」

そう宣言した。龍右衛門は徳田に、

「こんな将棋はおかしい！　負けたもんが勝つやなんて……」

「おかしくはない。まさに『負けるが勝ち』だ。審判役を引き受けたものとして、この判定は曲げられぬ」

龍右衛門は拳を握りしめ、

「くそっ……百両の損やがな……」

お蜂は梅王丸に抱きつき、

「親方……勝ったんだね！」

「そうだ。おまえは自由の身だ」

宗太も父親に抱きつこうとしたが、宗五は彼を張り倒し、

「役に立たぬやつだ。負けることもできぬのか」

どうしてよいのかわからず肩を震わせる宗太に旧太郎が、

「あんたは勝ったんや。勝ったんやから泣かんでもええ。堂々としてたらええのやで。けどなあ、将棋が強うなりたいのやったら、ええ勝ちかたと同じぐらいええ負けかたを知らなあかん。あんたはずっと勝ってきた。たまには負けてみ」

宗五が、

「私のせがれにいらぬことを吹き込むな！」

そのとき、襖が開いて、飛び込んできたのは鳥助、ひょろ吉、重松、それに青助

だ。

「親方、青助を見つけましたで！」

鳥助が叫んだ。青助はひょろ吉と重松に左右から抱えられてかろうじて立っている。

「ご苦労」

「青助、おまえがやたけたの権六になにをさせられたか、言うてみ」

鳥助に言われた青助が、

「へ、へえ……賭場で大きな借金をこしらえてしもて、払えんと言うたら、死にとうなかったらお蜂のところ番地と名前を紙に書かせて持ってこい、と言われましたのや。なにに使うかとか一切教えてくれまへん。でも、なんぞ悪事に使うんやろ、いうことはうすうすわかりましたさかい、お蜂に悪い、とは思うたけど、死にとうない一心で、つい……」

梅王丸が、

「天ぷら屋で半紙に名前を書かせたのだな」

「その紙を権六親方に渡したら、借金の証文にするから言うとおりの文章を書け、と言われ、断ったら権六の子方連中に殴られ蹴られ、とうとう無理矢理に証文を書かされてしもた。そのあと毛馬村にある染めもの屋の蔵に放り込まれて、なんとか助かりたいと、蔵のなかにあった藍の瓶を何遍か足で蹴ってひっくり返して川に流したんだす。『青』助がここにいてる、ゆうことをだれかが気づいてくれるかもしれん、と思て……」

青助は殴られて名前のとおり青く腫れあがった顔をお蜂に向け、

「すまなんだ。わてが考えなしやった。堪忍してくれ」

「あんたが逃げたんじゃないとわかったらもういいよ。鰻と天ぷらもおごってくれたしさ」

梅王丸は龍右衛門に向かって、

「これでその証文が真っ赤な偽ものとわかった。どうするつもりだ、大松屋」

龍右衛門が立ち上がり、

「こんな茶番はもうたくさんや。やたけたの親方……！」

隣室とのあいだの襖が開いた。やたけたの権六とその子方たち十数名が立っていた。

「この連中、片づけてしもとくれ」

「いつ出番が来るのかと待ちくたびれましたで」

権六は言った。梅王丸が千夏に目配せすると、千夏は怯えている宗太に走り寄り、

「アホなおとなの思惑に巻き込まれて災難やったな。ここは剣呑やさかい、よその部屋行こ」

「う、うん……」

千夏が宗太を連れ出したのを見計らって、権六たちは匕首を一斉に引き抜いた。

梅王丸はお蜂とともに立ち上がって、斧を手に取った。そして、徳田橋内に向かって、

「おまえさんも逃げたほうがよかろう」

徳田はからからと笑い、

「かまわぬ。今からここで剣戟がはじまるのであろう。刀を使っての勝負が観られる機会はまたとない。ぜひとも見物させていただきたい」

「怪我をしても知らぬぞ」

大橋宗五が廊下に向かって、

「おい、加勢してくれ」

のっそりと座敷に入ってきた浪人体の男を見て、梅王丸は旧太郎に、

「こないだのやつだ」

用心棒は鼻に包帯を巻いていた。刀を抜くと、

「このまえは油断しておった。今日はあのときのようにはいかぬぞ」

「わかっておる」

梅王丸、旧太郎、お蜂、青助、鳥助、ひょろ吉、重松の七人を十数人のヤクザとひとりの武士が取り囲んだ。龍右衛門と大橋宗五は後ろのほうで様子をうかがっている。しかし、ヤクザたちは南蛮兜に斧という梅王丸のいかつい姿に手出しできずにいる。

「なにしとるのや。早うやってしまえ！　おまえらにはひとりあて三両渡してあるはずやで！」

龍右衛門が叫ぶと権六の子方たちが、

「えっ？　わてら一分しかもろてないで。親方、それは殺生だっせ。なんぼなんでもあいだで抜きすぎや」

やたけたの権六がキレた。

「あ、アホ！　親方ゆうのはそういうもんや！　根性あるとこ見せんかい！」

「けど、親方……あいつ、なんかえらい強そうだっせ」

「ビビるな、どうせ見掛け倒しのはりぼてや」

「ほな、親方からどうぞ」

「う……うう……よっしゃ、やったるわい！」

権六は匕首を腰骨のあたりに当てて、梅王丸に向かって突進してきた。梅王丸は斧を使おうともせず、右手の人差し指と親指で権六の額を弾いた。ばちっ、という音がして額がへこみ、権六は目を回して倒れた。

「親方！」

「親方！」

権六の子方たちは権六のまわりに集まったが、

「わてが親方の仇取ったる！　みんな、わてについてこい！」

と言い出すものが……ひとりもいなかった。その様子を見て用心棒の侍が梅王丸のまえに進み出ると、

「勝負だ」

「おう」

そう言った途端、用心棒は刀を構えることなしにいきなり正面からまっすぐに打ちかかってきた。その思い切りのよさには梅王丸も斧を顔にかざして防ぐのが精いっぱいだった。用心棒の刀はその斧の柄をすっぱりと斬り落とした。斧の刃は床に

落ち、梅王丸の手には短い柄だけが残った。用心棒はすぐにつぎの攻撃に移った。右手だけで刀を上段に構え、梅王丸のこめかみを狙って振り下ろす。この休みない瞬息の動きは北辰一刀流（ほくしんいっとうりゅう）ならではのものだ。梅王丸は必死で左右に避（よ）けるが、用心棒は刀を槍（やり）のように突き出して、執拗（しつよう）に急所を狙ってくる。梅王丸は後退するしかない。背中が壁に当たり、これ以上下がれない、というとき、梅王丸は捨て身の戦法に出た。しゃがんで床に両手を突くと、逆立ちしたのだ。用心棒もさすがにその動きは読めなかった。今の今まで相手のこめかみを狙っていたところに「尻（しり）」がある。顔面ではなく尻に斬りつけても効果は薄い。とまどった用心棒は攻撃の手を休めた。裏向きになった梅王丸の巨体はまるで巨大な壁のように思えた。斬りつけようと刀を再度構え直したとき、その壁が用心棒に向かって突然倒れてきた。飛び下がって避けようとしたが間に合わなかった。肥え太った梅王丸の身体が用心棒のうえにのしかかった。

「うぎゃあっ」

　梅王丸の大きな足に鼻を蹴られ、用心棒は悲鳴を上げた。梅王丸は畳のうえにどすんと倒れ込み、埃（ほこり）が舞い上がった。その身体の下敷きになった用心棒は、じたばたともがいていた。

「なにをしておる！　さっさと片づけんか！」

大橋宗五が叱咤したが、用心棒はぐったりと四肢を伸ばし、

「もういい。これ以上やられたら鼻が取れてしまう。わしはもう辞める」

「切腹の沙汰下るところを救うてやった恩を忘れたか！」

「忘れた……。馬鹿馬鹿しくなってきた」

梅王丸は立ち上がったが、用心棒は寝そべったまま動かない。大橋宗五が、

「かくなるうえは……」

と脇差を抜こうとしたとき、

「待てい」

徳田橋内が床几から立ち上がって、全員をハッタと見渡し、

「ものども、鎮まれ。双方手を引け。これ以上、将棋を汚すことはわしが許さぬ」

その凛とした声に大橋宗五も脇差の柄から手を放した。すでにやる気を失っていた権六の子方たちも匕首をしまった。大松屋龍右衛門がいらいらした口調で、

「徳田先生、あんたに審査役は頼みましたけど、喧嘩の仲裁は頼んだ覚えおまへんで。引っ込んどいてもらいまひょか」

大橋宗五も、

「そうだ！　評判の詰将棋の本を書いたかもしれぬが、所詮上方の田舎将棋指しではないか。わしは御三家に連なるもの。若造がわしに意見するなど百年早いわ！」

「控えよ、宗五。そのほう、大橋本家を継ぐべき身にして、次期名人の候補でもあるものが、かかる詐欺に加担するとは情けない。段位を将棋所に返上し、いちから心の修業のやり直しをいたせ。心が歪んでいては将棋も歪むのだ」

「えらそうな言い方をするな！」

旧太郎が、

「ちょっと待っとくなはれ。あんた、たしかにめちゃくちゃえらそうな物言いしてはるけど、若いのにそれが板についてるような気がするわ」

「はっはっはっはっ……旧太郎殿、わしの顔を見忘れたか」

「――え？」

「わしだ。おまえにこてんぱんにされた紀州家の……」

「ああっ、あんたは紀州の若殿さま！」

「そうだ、やっと思い出してくれたか。わしは徳川吉晴である」

一同は驚愕した。紀州徳川家を継ぐはずだった若君さまである。大橋宗五はがっくりと肩を落とした。旧太郎はその場に頭をすりつけ、

「すんまへんでした。若殿さまがあの勝負のせいで患いつかれて跡取りになれなんだ、と聞いて、あのときなんで負けてやらんかったのやろう、とのちのちまで後悔しまして、今の商売『誰にでも負けたる屋』をはじめましたのや。さぞかし恨みに思うてはりますやろな」

「『誰にでも負けたる屋』の旧太郎なる人物からの手紙を見て、わしはすぐにおまえのことだろうと思った。あまりに懐かしかったので紀州からはるばる訪ねてきたのだ。あのときおまえに負けて、悔しさのあまり情けなく泣き続けたが、そのあと一念発起して将棋に打ち込んだゆえ、今の自分がある。感謝しておるぞ」

「え？　ほな、お許しくださる、と……」

「あたりまえだ。おまえのおかげでわしは強くなれたのだ」

徳川吉晴は梅王丸に向き直り、

「梅王丸とやら。大橋宗五の所業、本来なれば死罪にも問うべきところではあるが、わしに免じて此度だけ堪忍してやってはくれぬか。大橋本家には段位を剝奪し、跡目から外すようわしから申し伝える。今後、なにかあったらこのわしが許さぬ」

「承知いたしました。――なれど、偽の証文を作り、お蜂を女衒に売り飛ばそうとしたやたけたの権六と女衒八ツ頭の平吉、偽証文と知りながらそれを入手してお蜂をおのれのものにしようとした大松屋龍右衛門は……」

「それはそのほうに任せる。よきに計らえ」

「ははっ……重松、大松屋から証文を取り上げ、西町奉行所に引き渡すのだ。青助、おまえも同道して、こやつらのやったことを証言せよ」

　重松が、

「龍右衛門がおりませんぜ」

「なに……？」

　そのころ、大松屋龍右衛門は店の裏木戸をそっと開けたところだった。賭け金の二十五両はふところにあった。

（なんでこんなことになったのや。今ごろは上首尾で、お蜂としっぽりふたりきり、美味いアテをまえに一杯飲んでるはずが、なにもかも下手こいてしもた。偽証文の件で町奉行所に召し捕られたらお仕置きになってしまう。あの大橋宗五のアホな小せがれが鉢巻きを間違うたさかいや……。あのガキ、しばいたる……）

　だれもいないのを見澄まして、通りに出る。あたふたと走りながら証文を取り出すと、

（この証文を破って捨てたら証拠は残らん。あとは青助の口を塞げば、召し捕られ

ても申し開きがでけるやろ……）

　そのとき、

「旦(だん)さん……」

　振り向くと龍右衛門は、

「お、お蜂……！」

「その証文はあたいがいただくよ」

　お蜂は龍右衛門の手から証文をひったくると、

「あたいが勝ったんだから、二十五両もいただこうかね」

　龍右衛門は渋い顔で財布から金を出した。

「ありがとさん。旦さんには長いあいだ虫を買ってもらったからねえ、お餞別(せんべつ)にこれをあげるよ」

　そう言って、お蜂は小箱を手渡した。

「こ、これはなんや」

「開けてびっくりの玉手箱さ。旦さん、さよなら……」

　お蜂は早足で去っていった。龍右衛門はそっとその小箱を開け、

「ぎゃおえーっ！」

と悲鳴を上げた。箱から飛び出したのは十匹のスズメバチだった。

捕縛されたやたけたの権六一家と八ッ頭の平吉、大松屋龍右衛門らは、梅王丸たちによって会所に連行され、報せを受けて駆け付けた定町廻り役同心天児六郎太によって受け取られた。天満の牢に投獄され、今後、目安証文方同心による厳しい吟味を受けることになるという。青助はかまいなしとされたが、証人として会所にとどまることになった。

「旧太郎、わしの長屋に来ぬか。お蜂、千夏、ひょろ吉、鳥助、重松だけではない。珍商売のものたちがほかにたくさんおるぞ。家賃も安い。おまえも越してこぬか」

ひょろ吉が、

「ほんまだっせ。変な商売のもんが集まってると楽しいもんや」

「さよか……ほなお言葉に甘えてそないさせてもらおかな」

旧太郎が言うと千夏が、

「うわー、やった！　うち、将棋教えてもらお」

自分の長屋に戻る旧太郎と別れて、六人は聖徳長屋へと向かった。

「どこで油売ってましたのや。ずいぶんと待ちくたびれましたで」

長屋の木戸のところにふたつの人影があった。ひとりは毘沙門屋卜六郎、もうひとりは金埜茂左衛門である。

「将棋をしておったのだ」

「遊んでられる呑気な身やおまへんやろ。——これ、見なはれ」

毘沙門屋が突き付けたのは、聖徳長屋家守兜小路梅王丸宛ての書き付けだった。西町奉行所地方役与力としての金埜の署名捺印がある。滞納している公役二十五両を期日までに支払わぬときは、長屋を公儀に返上するべし、と記されていた。

「偽証文やおまへんで。まっとうなもんだっせ。中身も、身に覚えがおますやろ」

「それはそうだが……期日というのはいつだ」

金埜が、

「三日後だ」

「なにい？」

梅王丸の顔が怒気をはらんだので、金埜は一歩下がると十手を抜き、

「お、お上の決めたことに楯突くのか？　悔しかったら払うてみよ」

「また金策か……。もう借りる当てがないぞ」

「ひひひひ……これで新・新町が作れるわい」

その手に、お蜂がなにかをぽんと載せた。布に包んだものだ。

「なんだ、これは」

「二十五両あるよ。開けてみな」

金埜は布を開き、

「ま、まことだ……！」

梅王丸は、

「よいのか、お蜂」

「もちろんさ。今度のことでは親方にさんざん世話になったからねえ」

「すまぬ」

梅王丸はお蜂に頭を下げたあと、金埜から書き付けをひったくり、引き裂いた。

「なにをする！」

「借銭はなくなったのだからかまうまい。帰れ。帰らぬと……」

数匹の犬が吠えながらこちらにやってくるのが見えた。

「か、帰るぞ、毘沙門屋……」

「なにがおましたのや」

「いいから急げ」

あわてて去っていくふたりを千夏たちは大笑いしながら見送っている。しかし、腕組みをした梅王丸は、

（新見には当分返済を待ってもらうしかないな。しかし、今回はなんとか乗り切ったが、つぎはどんな手で来るか。気を抜けぬ……）

そう考えながら険しい顔で立っていた。その姿はあたかも長屋を守る守護神のようであった。

本書は書き下ろしです。

崖（がけ）っぷち長屋（ながや）の守（まも）り神（がみ）

田中啓文（たなかひろふみ）

令和4年 3月25日 初版発行

発行者●堀内大示

発行●株式会社KADOKAWA
〒102-8177 東京都千代田区富士見2-13-3
電話 0570-002-301（ナビダイヤル）

角川文庫 23115

印刷所●株式会社暁印刷
製本所●本間製本株式会社

表紙画●和田三造

◎本書の無断複製（コピー、スキャン、デジタル化等）並びに無断複製物の譲渡および配信は、著作権法上での例外を除き禁じられています。また、本書を代行業者等の第三者に依頼して複製する行為は、たとえ個人や家庭内での利用であっても一切認められておりません。
◎定価はカバーに表示してあります。

●お問い合わせ
https://www.kadokawa.co.jp/（「お問い合わせ」へお進みください）
※内容によっては、お答えできない場合があります。
※サポートは日本国内のみとさせていただきます。
※Japanese text only

©Hirofumi Tanaka 2022 Printed in Japan
ISBN 978-4-04-111532-9 C0193

◇◇◇

角川文庫発刊に際して

角川源義

第二次世界大戦の敗北は、軍事力の敗北であった以上に、私たちの若い文化力の敗退であった。私たちの文化が戦争に対して如何に無力であり、単なるあだ花に過ぎなかったかを、私たちは身を以て体験し痛感した。西洋近代文化の摂取にとって、明治以後八十年の歳月は決して短かすぎたとは言えない。にもかかわらず、近代文化の伝統を確立し、自由な批判と柔軟な良識に富む文化層として自らを形成することに私たちは失敗して来た。そしてこれは、各層への文化の普及滲透を任務とする出版人の責任でもあった。

一九四五年以来、私たちは再び振出しに戻り、第一歩から踏み出すことを余儀なくされた。これは大きな不幸ではあるが、反面、これまでの混沌・未熟・歪曲の中にあった我が国の文化に秩序と確たる基礎を齎らすためには絶好の機会でもある。角川書店は、このような祖国の文化的危機にあたり、微力をも顧みず再建の礎石たるべき抱負と決意とをもって出発したが、ここに創立以来の念願を果すべく角川文庫を発刊する。これまで刊行されたあらゆる全集叢書文庫類の長所と短所とを検討し、古今東西の不朽の典籍を、良心的編集のもとに、廉価に、そして書架にふさわしい美本として、多くのひとびとに提供しようとする。しかし私たちは徒らに百科全書的な知識のジレッタントを作ることを目的とせず、あくまで祖国の文化に秩序と再建への道を示し、この文庫を角川書店の栄ある事業として、今後永久に継続発展せしめ、学芸と教養との殿堂として大成せんことを期したい。多くの読書子の愛情ある忠言と支持とによって、この希望と抱負とを完遂せしめられんことを願う。

一九四九年五月三日